光文社文庫

文庫書下ろし／長編時代小説

一人二役《いちにんふたやく》

吉原裏同心(38)

佐伯泰英

JN031501

光　文　社

この作品は光文社文庫のために書下ろされました。

目次

新吉原廓内図

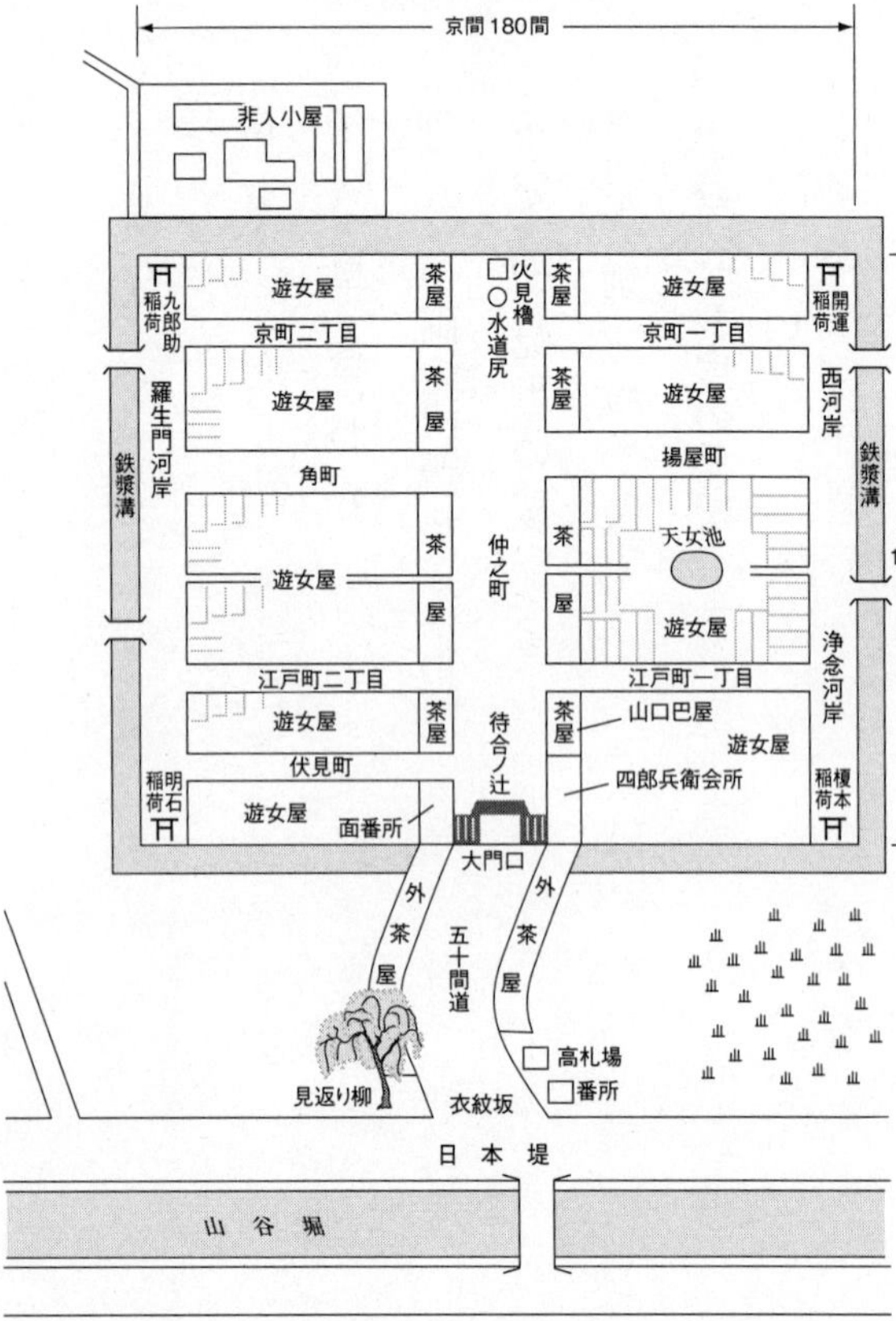

京間180間
非人小屋
茶屋
火見櫓
水道尻
茶屋
遊女屋
遊女屋
九郎助稲荷
開運稲荷
京町二丁目
京町一丁目
茶屋
遊女屋
茶屋
遊女屋
羅生門河岸
西河岸
鉄漿溝
鉄漿溝
角町
揚屋町
茶屋
仲之町
茶屋
天女池
遊女屋
遊女屋
京間135間
江戸町二丁目
江戸町一丁目
浄念河岸
茶屋
遊女屋
待合ノ辻
茶屋
山口巴屋
遊女屋
伏見町
四郎兵衛会所
明石稲荷
遊女屋
面番所
榎本稲荷
大門口
外茶屋
五十間道
外茶屋
高札場
番所
見返り柳
衣紋坂
日本堤
山谷堀

北
東
南
西
鐘ヶ淵
大橋
隅田村
千住道
小塚原
三河島
日暮里
田端
駒込
谷中
日本堤
隅田川
寺島村
金杉上町
新吉原
今戸町
千駄木
白山
下谷
鷲神社
山谷堀
今戸橋
小梅村
東叡山
寛永寺
浅草寺
根津権現
本郷
御薬園
小石川
中堂
幡随院
広徳寺
阿部川町
東本願寺
浅草花川戸町
吾妻橋
伝通院
不忍池
新堀川
田原町
竹町ノ渡し
三間町
菊坂町
池之端仲町
下谷広小路
並木町
駒形堂
御徒町
湯島天神
春日町
蔵前
水戸徳川家
牛込
森田町
御米蔵
神田明神
神田川
外神田
向柳原
天王町
牛込御門
小石川御門
水道橋
神楽坂
浅草橋
柳橋
御竹蔵
昌平橋
筋違御門
和泉橋
柳原土手
両国広小路
番町
本所
回向院
市谷
田安御門
俎板橋
雉子橋御門
一ツ橋御門
神田橋御門
内神田
馬喰町
両国橋
竪川
市谷御門
清水御門
小伝馬町
今川橋
日本橋
新大橋
常盤橋御門
北町奉行所
室町
小名木川
江戸橋
仙台堀
深川
麹町
半蔵御門
江戸城
呉服橋御門
日本橋
南茅場町
材木町
永代橋
西之御丸
八丁堀
組屋敷
鍛冶橋御門
京橋
霊岸島
富岡八幡宮
南町奉行所
桜田御門
永田町
赤坂御門
石川島
西本願寺
数寄屋橋御門
山王日枝神社
新橋
築地
越中島調練場
佃島
溜池
幸橋御門
汐留橋

『二人二役』主な登場人物

神守幹次郎／四郎兵衛（八代目）

豊後岡藩の馬廻り役だったが、幼馴染で納戸頭の妻になった汀女とともに逐電の後、江戸へ。吉原会所の七代目頭取・四郎兵衛と出会い、剣の腕と人柄を見込まれ、「吉原裏同心」となる。薩摩示現流と眼志流居合の遣い手。非業の死を遂げた七代目四郎兵衛の後を継ぎ、八代目頭取・四郎兵衛に就任した。頭取と裏同心の二役を務める。

汀女

幹次郎の妻女。豊後岡藩の納戸頭との理不尽な婚姻に苦しんでいたが、幹次郎と逐電、長い流浪の末、吉原へ流れつく。遊女たちの手習いの師匠を務め、また浅草の料理茶屋「山口巴屋」の商いを任されている。

加門 麻

元は薄墨太夫として吉原で人気絶頂の花魁だった。吉原炎上の際に幹次郎に助け出され、その後、幹次郎のことを思い続けている。幹次郎の妻・汀女とは姉妹のように親しく、先代伊勢亀半右衛門の遺言で落籍された後、幹次郎と汀女の「柘榴の家」に身を寄せる。

四郎兵衛（七代目、故人）

吉原会所の七代目頭取。吉原の奉行ともいうべき存在で、江戸幕府の許しを得た「御免色里」を司っていたが、吉原を守る闘いの最中、敵の手に落ち落命した。

根郷

吉原五丁町の総名主を長年務めていた。七代目の四郎兵衛亡き後、家督と総名主の名代を倅に譲り、根岸の地で隠居生活を送る。

三浦屋四郎左衛門（九代目）

京町一丁目の大見世・三浦屋の楼主にして、吉原五丁町の総名主。

伊勢亀半右衛門（八代目）

浅草蔵前の札差を束ねる筆頭行司。幹次郎が後見を務める。

仙右衛門
吉原会所の番方。幹次郎の信頼する友。

桑平市松
南町奉行所定町廻り同心。幹次郎とともに数々の事件を解決してきた。

身代わりの左吉
罪を犯した者の身代わりで牢に入る稼業を生業とする。裏社会に顔の利く幹次郎の友。

嶋村澄乃
亡き父と七代目四郎兵衛との縁を頼り、吉原にやってきた。若き女裏同心。

新之助
水道尻にある火の番小屋の番太。澄乃と協力し、吉原の治安を守る。

玉藻
七代目四郎兵衛の娘。仲之町の引手茶屋「山口巴屋」の女将。

村崎季光
南町奉行所隠密廻り同心。吉原にある面番所に詰めている。

足田甚吉
幹次郎と汀女の幼馴染。豊後岡藩の中間だった。現在は藩を離れ、料理茶屋「山口巴屋」の男衆をしている。

政吉
吉原会所の息のかかった船宿・牡丹屋の老練な船頭。会所の御用を数多く務める。

磯次
政吉の孫で、見習い船頭。吉原会所の仕事に憧れを持っている。

車善七
浅草溜を差配する頭。幹次郎の協力者。

松平定信
老中首座として寛政の改革を推進してきた。吉原とは時に協力する間柄。幹次郎と汀女に信頼を寄せる。

一《いち》人《にん》二《ふた》役《やく》——吉原裏同心（38）

序章

吉原会所《よしわらかいしょ》八代目頭取《とうどり》の四郎兵衛《しろべえ》は、吸いもしない煙管《キセル》を弄《もてあそ》びながら思案していた。

老中首座《ろうじゅうしゅざ》と将軍家斉《いえなり》の補佐方《ほさがた》を兼任していた松平定信《まつだいらさだのぶ》が突然解任される前に松平邸を訪ねたのは、「四郎兵衛」であったか「神守幹次郎《かみもりみきじろう》」であったか、そのことを。

寛政《かんせい》の改革を推《お》し進めていた松平定信が絶大な主導力を発揮するふたつの役職を失ったのは寛政五年（一七九三）七月二十三日だった。

四郎兵衛、あるいは幹次郎が浜御殿《はまごてん》近くの陸奥《むつ》白河《しらかわ》藩抱《かかえ》屋敷を訪れたのは、その数日前のことだった。謁見《えっけん》から十日も経《た》っていないにも拘《かか》わらず長い歳月が経過したように思えた。

あの日、定信は、

「四郎兵衛、予《よ》の宿願《しゆくがん》の幕政改革は頓挫《とんざ》致したわ」

と不意に告げた。

形《なり》を見て定信は四郎兵衛と呼んだ。そのことを思い出していた。

「えっ、それはまたどういうことでございましょう」

四郎兵衛は意表を突かれて思わず定信を見た。

定信の改革が世間で決して評判がよくないことは重々承知していた。だが、田《た》沼意次《ぬまおきつぐ》時代の公儀《こうぎ》の財政危機からは、万全といえないまでも脱脚していた。一方で物価引き下げ令や旧里帰農奨励《きゆうりきのうしようれい》の触《ふ》れは発布されたが改善は見られず、江戸市中には火が消えたような不況が居座っていた。

「四郎兵衛としたことがさような言葉でしか応じられぬか」

「と、申されても」

「予の改革は終わった」

と定信は繰り返した。

「未《いま》だ最中《さなか》ではございませぬか」

「もはや同じ言葉を繰り返しはせぬ。四郎兵衛、そのほうの吉原改革はなんとしても成《な》し遂《と》げよ」

「容易《たやす》くはございませぬ」

「容易いなればすでにだれかが成していよう」

と淡々と告げた松平定信が中庭越しに伝わってくる薫子《かおるこ》の笑い声に耳を傾けた。そして、四郎兵衛に視線を戻し、

「四郎兵衛、改革は力だけでは成し得ぬ」

「力とは権力ですかな、それとも武力ですかな」

「予に足りなかったものは金子《きんす》よ」

他の諸々《もろもろ》はあったと定信が言い切った。

「そのほうが知るように、先日改革を成し遂げるに十分な金子も手に入れた。戦うための鉾《ほこ》も楯《たて》も手に入れたというわけだ。だが、いささか遅きに失した。まさか努々《ゆめゆめ》考えもせぬ者に梯子《はしご》を外されるとはのう」

四郎兵衛は定信の言葉を必死で理解しようとした。

「四郎兵衛、予が必要とした金子はもはや使い道がないわ。

よいか、予の改革は頓挫したが、吉原の改革はなんとしても形にせよ。吉原が賑《にぎ》わいを見せれば、世間もついてこよう。幕府の改革が成らぬならば、なんとしても吉原の改革は成功させせよ。

金子はある、覚えておけ、四郎兵衛」

と定信が言い放ったとき、広縁《ひろえん》に小さな足音がして、

「父上」

と薫子が姿を見せた。

話はそこで終わり、それから三日もせぬうちに松平定信の老中首座と家斉の補佐方の解任が幕閣《ばっかく》から公布《こうふ》された。


「金子はある、覚えておけ、四郎兵衛」

と定信が言ったのだ。

(金子を借りに参るか)

と考えを固めたとき、番方《ばんかた》が姿を見せて、

「八代目、廓《くるわ》に妙《みょう》な噂が流れていましてな」

「ほう、妙ゆえ巷《ちまた》が喜び、流言飛語《りゅうげんひご》になりましょう。吉原では真っ当な話は決して広まらぬ」

「いかにもいかにも」

と応じた仙右衛門《せんえもん》が、

「何者かが五十間道《ごじっけんみち》の土地家屋《かおく》を買い占める話があるとか」

「この不景気、外茶屋《そとぢゃや》が売りに出ておるのは近ごろ始まったことではございますまい。巷には懐《ふところ》に万両をお持ちで使い道のないお方もおられましょう」

「いかにもさようです。ただ」

「ただ、なんですな」

「この買い占め話、茶屋七、八軒、いや十軒ぶんの土地家屋という規模《きぼ》じゃそうな」

「ほう、なかなかの話ですな。話だけですかな、動きがございますかな」

仙右衛門が四郎兵衛を見た。

「調べますかな」

しばし沈思《ちんし》した四郎兵衛が首を横に振った。

「私どもの前にあれこれと難題が山積《さんせき》しております。そちらからひとつずつ片づけていくのが先かと思います」

第一章　早替わり

一

吉原会所の若《わか》い衆《し》、金次《きんじ》らが切見世《きりみせ》（局見世《つぼね》）のどぶを掃除《そうじ》していた。その恰好《かっこう》たるや、まず手拭《てぬぐ》いで頬被《ほおかむ》りして鼻をしっかりと包み込んでいた。さらに鼻の穴には浅草紙《あさくさがみ》やら手拭いやらを細かく切った布を差し込んでいた。そんな厳重な形で切見世が並ぶ西河岸《にしがし》（浄念河岸《じようねん》）、羅生門河岸《らしようもん》などのどぶ掃除をしているのだ。

むろん吉原会所の若い衆だけで人手が足りるわけがない。そこで番方の仙右衛門が鉄漿溝《おはぐろどぶ》を挟んである浅草溜の車善七《くるまぜんしち》に掛け合い、その配下の非人衆に加わってもらった。浅草溜の面々は、ふだんから廓内の汚れ仕事を任《まか》されていたから慣れたものだ。

仙右衛門は、車善七に願う折り、四郎兵衛から命じられてそれなりの金子の包みを用意していた。

仙右衛門が包みを差し出すと、善七親方が、

「ほうほう、吉原会所の八代目頭取は、吉原の改革を切見世のどぶ掃除から始めますか」

「へえ、四郎兵衛様直々《じきじき》の命《めい》でございますよ」

「新しい頭取に相応《ふさわ》しい場所から手をつけなすったかねえ。うちに『どぶ掃除をしろ』と命じられれば事が済むのに、会所の若い衆まで駆り出されましたか」

「親方、それがねえ、若い衆だって文句なんて言えっこありませんや。なにしろ最初四郎兵衛様も切見世のどぶ掃除のひとりに加わる心算《こころづもり》だったのでね」

番方の言葉を聞いた善七はしばし無言だったが、

「八代目は本気だねえ」

「ええ、どぶ掃除に加わるのは本気も本気の申し出ですぜ、親方」

「どぶ掃除うんぬんもそうですが、吉原の改革を本気でやり遂げようと八代目の決意が言行《げんこう》に漲《みなぎ》っているってことですよ。これまでの吉原会所の頭取やら町名《まちな》

主《ぬし》には夢想もできない話でしょうがな」

「親方、頭取自《みずか》ら切見世のどぶ掃除に加わったら局見世女郎《じょろう》が腰を抜かします。それだけはとなんとか」

「引き留められた。それで吉原会所の若い衆と溜《うち》の面々になりましたか」

「はい」

と返事をした番方の仙右衛門には困惑の表情が残っていた。

「番方、うちも吉原との付き合い、覚悟をして務めますと八代目に伝えてくだされ。それにこの金子、有難《ありがた》く頂戴《ちょうだい》しますとも言うてくだされ」

仙右衛門が去ったあと、

(吉原会所の番方らがまず考えを改めないと吉原の改革は成るまいな)

と善七は思ったものだ。

そんなあれこれがあって切見世のどぶ掃除だ。

仙右衛門や小頭《こがしら》の長吉《ちょうきち》ら古手《ふるて》が指揮していた。そんな番方にはもうひとつの役目があった。

「番方よ、おめえさんら、本気かねえ」

と女郎のひとり、いつきが問うた。

「本気でなくてどぶ掃除がやれるものか。八代目は自ら切見世のどぶ掃除をなさる気だったのをわっしらが必死で引き留めたんだぞ」

「えっ、頭取自らだって。そりゃ、わちきら女郎全員が腰を抜かすよ」

「わっしもそう言って引き留めたのよ。いつきさんよ、このどぶ掃除は手始めだぜ。もっとぶっ魂消《たまげ》るぜ」

「どぶ掃除のあと、八代目はなにをなさる気かえ」

番方といつきの問答に女郎たちが聞き耳を立てていた。番方のもうひとつの役目とは切見世の女郎たちの気持ちを変えることだった。

「おうさ、どぶの汚水をよ、外の鉄漿溝に流す排水口を造ってな、このどぶ板道の臭《にお》いが少しでも減るようにするのよ」

「頭取自らどぶ掃除しようと言ったんだ。あの八代目ならその程度のことは考えておられるよ、番方」

「切見世の厠《かわや》を新たにいくつか設《もう》ける」

「そりゃ、いいね。湯屋《ゆや》はどうだえ」

「いつきさんよ、切見世は五丁町《ごちょうまち》の大籬《おおまがき》（大見世《おおみせ》）じゃねえってことを忘れなさんな」

「一《ひ》ト切《きり》百文《もん》の吹き溜まりってことは忘れたくとも忘れられませんよ。他に八代目はなにを考えておられるよ」

「これだけじゃ足りねえかえ」

「八代目頭取の就任《しゅうにん》祝《いわ》いにしちゃ、どぶ掃除と厠を設けるね。今ひとつ花がないでありんす」

といつきが言い切った。

ううーん、と唸《うな》った仙右衛門が、

「花な、ないことはないが今直《す》ぐじゃないな」

「番方、今直ぐじゃないってどういうことかね。花をどうするのさ」

「仲之町《なかのちょう》には、時節になれば桜や菖蒲《あやめ》を高田村《たかだむら》の植木屋長右衛門《ちょうえもん》が植えるな」

「ああ、仲之町は吉原の花道だよ、わちきも昔は花魁《おいらん》道中を務めましたえ」

「いつきさんよ、冗談を言う相手を間違えていねえか。こちとら、仲之町裏の蜘《く》蛛《も》道《みち》で、おぎゃあと生まれた廓っ子だぜ。いつきさんの花魁道中はありんせん」

「番方、そんなことはどうでもいいよ。花はどうしたえ、長右衛門さんが切見世の河岸道に桜を植えてくれるってか」

といつきの切見世の前から声がかかった。

「松世《まつよ》さん、おお、いつきさんがあれこれ言うからさ、忘れちまったよ。いくら高田村の植木屋の親方とて、河岸道三尺《しやく》（約九十一センチ）とないどぶ板道に桜は植えられないやね。新しく設ける厠の傍《かたわ》らにね、桜の木を植えようという話だ。来春は仲之町に行かなくても西河岸や羅生門河岸で花見ができるってわけだ」

仙右衛門の上気《じょうき》した言葉に切見世の女郎たちが黙り込んだ。

「不満かえ、厠脇の桜ではよ」

「本気かね、四郎兵衛様は」

「おうさ、松世さん、本気も本気さ」

「切見世の厠の傍らに桜の木かえ、考えもしなかったよ。わちきら、切見世女郎に相応しいのかどうなのか」

「ちょっと待った」

と遠くから声がかかった。

「仲之町の桜は花の時節だけに植えて、あとは引っこ抜いて六十両の費《つい》えと聞いたよ。そうかえ、番方」

「ああ、たしかですよ。なんたって吉原の粋《いき》と見栄《みえ》の大通りが仲之町ですよ。毎年植え替えでさ、葉桜は見せません。だが、こちらの厠脇の桜はご一統《いっとう》の暮らしぶりを年中眺めることになりますぜ」

「そうか、わちきらの桜は、わちきらの野垂《のた》れ死《じ》にも見送ってくれるかえ」

としわがれ声が応じた。

しばらく間を置いた仙右衛門が言った。

「花から金の話に移していいかえ。ご一統様よ」

番方と切見世女郎の問答をどぶ掃除をしながら金次や溜の面々も聞いていた。

「なんだえ、急に勿体《もったい》ぶってさ」

「厠を造る費えをね」

「待った。番方、わちきらに出させようってか。八代目を見損なったよ」

「だれだえ、大声を上げるのは。話は最後まで聞きねえな。厠を造る費えは会所が持つとよ。いいかえ、なんでもそうだが、ふだんから手入れしないとどぶ板道といっしょで臭いがしみつく」

「ああ、そうだね。ごみ溜めを掃除してもごみ溜めには変わりないよね」

と投げやりの言葉が番方に応じて、最初からの話し相手のいつきに仙右衛門は視線をやった。

「切見世の厠の糞尿《ふんにょう》は、平井村《ひらいむら》の百姓が代々浚《さら》えていき、年に二度ほどなにがしかの金子が会所に入っていたのをいつきさんがたは承知かえ」

江戸期、糞は畑の肥《こや》しとして貴重な品だった。ために売り買いがされた。番方はそのことを言っていた。

「なんだ、大根や牛蒡《ごぼう》なんぞが、わちきらの糞尿代と聞いたがね」

「聞いた聞いた。切見世女郎の糞はろくでもないものしか食ってないから安いってね。うちらの糞尿のお代は会所に入っていたのかね」

「まあ、そういうことだ」

「会所はしっかりしているね」

「ああ、会所はあれこれと費えが要るからね、致し方ないのよ。だがな、八代目は本来、切見世の糞尿代はうちでもらう謂《いわ》れがないから切見世に返してな、厠の手入れ代などに使おうって考えられたんだ」

「ふーん、糞尿代ね、新しい会所の頭取は細かいやね。たしかに五丁町では妓楼《ぎろう》や引手茶屋《ひきてぢやや》の内証《ないしょ》に糞尿代は入っていたね」

と切見世の一角から声がした。

吉原改革でいちばん厄介《やっかい》で八代目頭取にとって大事なことは、切見世女郎を五丁町の町名主に加えようという話だった。だが、こればかりは町名主の許しも得ていないことだったし、番方も口にはできなかった。

切見世の女郎たちも無言だった。今さら糞尿代を切見世側に返すと言われてもピンとこないのだ。

「まあ、差し当たって少しずつこのどぶ板道のようにきれいにしていく折りの費えにしようと四郎兵衛様は言いなさるのだ。どう思うね、いつきさんはよ」

「番方、新しい頭取が切見世のことを忘れてはいないということは分かったさ。わちきらはしばらく吉原会所の出方を見ているしかないね」

「出方を見るね。わっしらとしては吉原会所といっしょに切見世の衆も動いてほしいのさ。なんたって切見世はいつきさん方の商《あきな》いと暮らしの場だぜ。おまえさんがたよ、会所の若い衆や車善七親方の配下の面々がおまえさん方が使って汚したどぶの掃除をしているのを見て、なんとも思わないかえ」

仙右衛門が言葉を改めて言った。

ううーん、と唸ったいつきが、

「わちきらも考え直してさ、少しでも切見世をきれいにして客が気持ちよく遊んでいってくれるようにしないといけないかね」

「そういうことだ、いつきさんよ」

と番方が応じた。

どぶ掃除は何日も続きそうだった。そして、切見世女郎の考えを変えることが吉原会所の番方に課せられていた。

若い衆の金次らは無言でどぶ掃除を続けていた。

そのとき、四郎兵衛は昼見世《ひるみせ》の始まる前に大門《おおもん》を出ようと会所の表口の敷居を跨《また》いだ。すると面番所《めんばんしょ》の隠密廻《おんみつまわ》り同心村崎季光《むらさきとしみつ》と視線が交わった。

村崎が慌《あわ》てて面番所に戻ろうとした。

「これ、村崎様、近ごろ四郎兵衛を避《さ》けておいでではございませんかな」

「なに、さようなことがあるものか」

過日、海賊《かいぞく》三島屋《みしまや》三左衛門《さんざえもん》や松坂町《まつざかちょう》の鬼《おに》の五郎蔵《ごろぞう》と組んで村崎同心は、吉原会所に楯突《たてつ》いた。三島屋と五郎蔵は厳しい処罰をそれぞれ科《か》されていたが、村崎同心の始末は番方の仙右衛門にいったん任された。

だが、隠れ湊《みなと》に秘匿《ひとく》されていた二十四万両の他に、二万三千両余を海賊三島屋の始末のあと得たことに鑑《かんが》み、四郎兵衛は番方と話し合い、ただ今始末をつけるより吉原の面番所の隠密廻り同心として今後も使い道があると考え、村崎同心の「処罰」は、しばし放置することにした。だが、一方の村崎同心は四郎兵衛と顔を合わせることを真剣に避けていたのだ。

「なんぞ御用かな、八代目四郎兵衛どの」

と上目遣《うわめづか》いに弱々しい口調で四郎兵衛に問い返した。

「いえ、私のほうには格別御用はございませんが、村崎同心にはあるのではありませんかな」

四郎兵衛が穏やかな表情と口調で応じた。その様子を見てどことなく安堵《あんど》した村崎が、

「おお、あの一件かのう」

と話柄《わへい》を転じて、

「八代目、しみったれたことを命じたな」

と言い放った。

「なんのことでございましょう」

「おお、切見世のどぶ板道の掃除だよ。吉原会所の若い衆と車善七のとこの者を使い、切見世のどぶ板道を掃除してなんぞ変わるかえ。一ト切百文の揚《あ》げ代《だい》が倍

の二百文になるかえ」

と村崎同心が念押しした。

「なりますまいな。ただしお客衆が気持ちよく遊んでくれるかもしれませんぞ」

「切見世商いは百文客が相手なんだよ。余計なことはしないことだ」

と村崎同心が言い放った。

「村崎様、どうすれば宜《よろ》しいと申されますな」

と裏同心神守幹次郎として面番所の隠密廻り同心村崎季光に長年付き合ってきた八代目四郎兵衛が丁寧な口調で質《ただ》した。

官許《かんきょ》の遊里《ゆうり》吉原は公儀が、ひいては町奉行所配下の隠密廻り同心が差配《さはい》していた。ゆえに四郎兵衛も畏《かしこ》まって質した。

「それがしの考えが聞きたいか、八代目」

四郎兵衛が頷《うなず》いた。

「元《もと》吉原時代から長年続いてきた官許遊里を変えるには目立つところから変えることだ。例えば、真っ先に手をつけるべきがこの仲之町だぞ、新米頭取の四郎兵衛よ」

と村崎同心が言った。

四郎兵衛は待合《まちあい》ノ辻《つじ》から仲之町の通りの奥、水道尻《すいどじり》を見渡した。

「かような表通りを変えるには莫大《ばくだい》な金子がかかりますでな」

「代々の四郎兵衛が貯め込んだ莫大な金子が会所にはあろうが。そのほうはもはや得体の知れない裏同心じゃないんだ、八代目頭取の四郎兵衛だ。金子にそのほうが手をつけてもだれも文句は言うまいが」

「村崎様、よきご指摘にございますな。私、正直、驚きました」

「ほう、驚くほど蓄財《ちくざい》しておったか。七、八万両はあったか。いや、十万両は超えていたか」

四郎兵衛は険《けわ》しい表情で村崎同心を凝視《ぎょうし》した。

「そなたとわしの間柄《あいだがら》だ、正直に話しねえな」

それでも四郎兵衛は直ぐには口を開かなかった。しばらくのち、

「驚いたことに、会所の銭箱の中は古証文《ふるしょうもん》ばかりでございましてな。金子はわずか三百五十七両二分《ぶ》と一朱《しゅ》に銭が百三十文ほど」

「冗談はよしねえな。一日千両を稼《かせ》ぐ吉原の会所だぞ、廓内の事情はとくと承知のこのわしに虚言《きょげん》を弄《ろう》してどうするな」

四郎兵衛が村崎同心を見て、こくりと頷いた。

村崎同心は長いこと沈思した。

「そんな馬鹿なことがあるか」

「それが真《まこと》のことでしてな」

「どういうことだ」

「村崎様には真実を承知してもらったほうがようございましょうな。しかし、立ち話でする内容ではございませぬな」

「話せ。この場で話せぬならば面番所で告げよ」

と村崎が公儀の看板を負った面番所を顎《あご》で指した。

「ならばしばしお邪魔します。小者《こもの》たちに聞かれたくはない話でございますでな」

「よい、用事を命じて半刻《はんとき》（一時間）はそなたとわしのふたりだけに致す」

村崎同心が珍しくテキパキと動いて、大門と待合ノ辻を挟んで吉原会所と向き合う面番所の座敷にふたりだけになった。

久しぶりに訪れた面番所は四郎兵衛には殺風景な佇《たたず》まいに見えた。

「おい、この場では昔ながらの隠密廻り同心村崎季光と吉原会所の裏同心神守幹次郎として忌憚《きたん》なく話をしようか」

「いえ、この場の私は吉原会所の八代目頭取として村崎様に申し上げとうございます。そのお心算で応対してくだされ」

「ふーん、相変わらず融通《ゆうずう》が利かんな、そのほう。で、吉原会所に銭がないというのは真か」

村崎同心の口調も真剣極まりなかった。なにしろ村崎にとって金子ほど大事な話はなかった。長年、吉原会所は金蔓《かねづる》と思って付き合ってきたのだ。

「私、四郎兵衛と呼ばれるようになって吉原会所の蓄《たくわ》えを知ったときほど愕然《がくぜん》としたことはございません。村崎様に申し上げるのもなんですが、先代は引手茶屋山口巴屋《やまぐちともえや》の主《あるじ》にして廓外、浅草並木町《なみきちょう》の料理茶屋の主として、分限者《ぶげんしゃ》で知られておりますな」

「おお、先代の四郎兵衛はたっぷり小判を持っているがゆえに、だれもが、へへえ、と話を聞いて頭を下げたのよ」

「いかにもさようです。それに比べて八代目頭取になった私、御免色里《ごめんいろざと》の妓楼や、引手茶屋の主ではございません。その昔、西国《さいごく》の大名家の下士《かし》だった者が、吉原に拾われて会所の用心棒として御用を務めてきました。財産があるとしたら、柘《ざく》榴《ろ》の家と呼ばれる寺町《てらまち》の小体《こてい》な家だけでございます」

「四郎兵衛、さようなことをわしに告げずともよい。とくと承知だ」

村崎同心の言葉に頷いた四郎兵衛が、

「八代目頭取を務めるに当たり、私、吉原会所の金子を当てに致しました」

「当然だな」

「ところが最前申した額の金子しかありませんでした」

「どういうことだ。おかしいではないか」

「先代は分限者でございました。ゆえに吉原会所の費えに己《おのれ》の金子を使っておられたと思えます」

「なんと、そのようなことがあろうか」

と村崎が首を捻《ひね》り、海賊三島屋から奪った大金はどうなったかという表情を一瞬見せたが、これにはただ今触れるべきではないと思いつき、

「会所に銭がないと承知なのは、だれとだれだ」

「番方と先代の娘御《むすめご》、山口巴屋の女主の玉藻《たまも》様のふたりだけです。私、先代から直《じか》に八代目を引き継いだわけではありませんでな」

「おお、先代の四郎兵衛は不意に身罷《みまか》ったでな。引き継ぎなどあろうはずはないわ」

「いかにもさようです。ただ今四人目の村崎様が知られました」

なにか言いかけた村崎同心が目まぐるしく思案している表情を見せた。

「吉原会所の持ち金が三百両なにがしだと」

「正確に申し上げると三百五十七両二分一朱に銭百三十文ほどです。これで吉原会所の八代目頭取を務めよと申されますか。私と番方のふたりはこのことを知ったとき、愕然としてしばらく口を開けませんでした。そして、番方は『知らなきゃよかった』と漏らしましたな」

「引手茶屋の女主はどうだ」

「玉藻様は察しておられました。私に吉原会所頭取の役職は、大金食い虫と告げられました」

「柘榴の家しか財産のないそなたに酷《こく》な話よのう」

「玉藻様と番方は、どこぞに隠し金がないかと吉原会所、引手茶屋、料理茶屋と密《ひそ》かに調べられましたが、あの三百五十七両二分一朱と百三十文の他、一文の銭もありませんでな」

「そのほうの給金はどうなる」

「今ある金子に手をつければ、吉原会所は立ち行かなくなります。当分、八代目頭取の給金は」

「なしか」

と村崎が念押しし、四郎兵衛が頷いた。

「魂消たのう。そのほう、裏同心神守幹次郎のほうがなんぼか気楽、給金も入ってきたな」

「汀女《ていじょ》とふたり、一年に二十五両でしたがな、四郎兵衛として会所の内情を知った以上、もはやそんな金子は神守幹次郎に払えませんし、もらえませせぬな」

ふたたび村崎同心が沈黙した。

長い沈黙だった。

「虚言を弄してないな」

「番方と玉藻様と三人いっしょに吉原会所の、あるところに隠された小さな金蔵《かねぐら》を開きましたでな。私の他に少なくともおふたりが確かめておられます」

「そなた、吉原会所の頭取職を辞するか」

「そうなれば官許の吉原は即刻潰れますぞ。お困りになるのは、そなた様もです」

と四郎兵衛が言い切った。

幾《いく》たびめか、村崎が沈黙した。

二

「ふーむ」

と村崎同心が溜息《ためいき》を吐《つ》いた。

「この先、吉原会所の営《いとな》み、どうする気だ」

と村崎同心が吉原会所の運営を案じた。

「はい、なんとしてもこの数日内に金子の都合をつけねば、河岸道のどぶ掃除の費えも払えませんでな」

「仲之町を改装するどころではないな」

「無理です」

「当てはあるのか」

「四郎兵衛、老中首座にして上様《うえさま》の相談方、松平定信様と懇意《こんい》にさせてもらっております」

「こんどは話が大きくなったな。じゃが、老中首座の名を持ち出しては直ぐに虚言と分かるわ、四郎兵衛」

「私、この際、松平定信様に金子の無心《むしん》をしようと考えておりますが無理ですかな」

「白河藩の殿様は老中首座を解任されて公方様《くぼう》の相談役も退《しりぞ》けられたばかりぞ。そのほうがいくら吉原会所の八代目頭取に就いたとはいえ、挨拶といって江戸藩邸に参っても会《お》うてもくれまい」

「さようでしょうか。私とは、昵懇《じっこん》の間柄ですがな。いえ、四郎兵衛より神守幹次郎として親しい付き合いがございます」

四郎兵衛は事実を述べていた。だが、側室《そくしつ》の香《こう》を通じて神守夫婦と松平定信とは信頼関係にあることを知らぬ隠密廻り同心はにべもない。

「おい、一夜千両の御免色里を仕切る吉原会所に三百何十両しか銭がないなどだれが信じる。冗談はよせと叱られに行くようなものだぞ。なにより老中首座を解かれて機嫌の悪い松平様は、なり立ての吉原会所の頭取など知らぬと門番に追い返させるぞ」

「となるとどこで金子の都合をつければようございましょう」

と言った四郎兵衛が村崎同心に視線を向けて尋ねた。

「当座、村崎様、なにがしか吉原会所に銭を貸してはいただけませぬか」

「四郎兵衛、わ、わしがなぜ吉原会所に金子の用立てをせねばならぬ。さような義理はないぞ」

「いえ、裏同心神守幹次郎のころ、そなた様があれこれと断わりもなく会所の金子を懐に入れていたことを思い出しました。私の推量《すいりょう》ですが、村崎家ではさような不正な金子を何百両か貯め込んでおられましょう。その金子、一時拝借《はいしゃく》できませんかな」

「じょ、冗談にもほどがある。うちにさような金子はない。それがしの稼ぎは、女房と母のふたりにすべて奪い取られておるでな」

四郎兵衛が村崎家に借財の申し込みを考えていると知った村崎季光は、必死の形相《ぎょうそう》で拒《こば》んだ。

「ご新造《しんぞ》様からお借りできませぬか」

「おい、四郎兵衛、わしに死ねと申すか。そんなことを女房に話さば、八丁堀《はっちょうぼり》の役宅から追い出されようぞ。

そなたの話は、この村崎季光、とくと聞いた。そのほうは、急ぎどこぞに金策に参れ、ささっと早くな。吉原会所はわれら隠密廻りの監督のもとにあるのだ。

天下の御免色里を仕切る吉原会所にたった三百両なにがししか金子がないとなると、廓内は大騒ぎになるぞ。ともかく金策に当たれ」

吉原会所の内情を知らされた村崎は素《そ》っ気《け》なくなった。だが、

「村崎様、私、金策は不得手《ふえて》でしてな。どちらに参れば都合がつきましょうかな」

と本日の四郎兵衛は執拗《しつよう》だった。

「そなた、さようなことも知らんで、ようも吉原会所の八代目頭取に就いたな」

「まさか、吉原会所に金子がないなどと推量しておりませんでしたでな。時すでに遅し、でございますよ」

顎に手を掛けた村崎同心が考えるふりをした。いや、この話でなにがしか金にならぬかと思案している顔だった。

「よし、このわしが知恵を貸してやろう。その代わりな、金策のついた折りは金額の一割とは言わん、せめて五分の手数料をわしに払え。よいな、四郎兵衛」

「千両借り受けて五分では五十両でございますな」

「おう、そういうことだ」

村崎同心がにんまりと笑った。

「なかなか村崎様は商い上手ですな。で、どこに行けば金子を借りられますな。高利貸《こうりが》しはいけませんぞ」

「わしとて高利貸しとは縁《えん》がないわ。それよりそのほうが裏同心の折り、昵懇にしておった三浦屋《みうらや》の隠居の根郷《ねさと》がおるではないか。吉原の中でも三浦屋は筆頭《ひっとう》の妓楼じゃぞ。隠居とて千両箱のひとつやふたつ携《たずさ》えて根岸《ねぎし》に引っ込んでおろう」

「おお、三浦屋の隠居どのですか、余りにも親しくさせてもろうたゆえに、うっかり忘れておりましたぞ。そうでしたな、先代の三浦屋の主がおられましたな。村崎様、これから根岸を訪ねてみます」

「よいか、三浦屋の隠居が用立てた折りだけ、それがしに声をかけよ。その他では決してそれがしの貴重な時を使うことはまかりならん」

吉原会所に貯蔵の金子がないことを知った村崎が冷たくも言い放った。

「いえ、結果はどうであれ、経緯《いきさつ》を報告しますぞ。村崎様、最前の会所に蓄えがない話、極秘にしてくだされ」

分かった分かった、と激しく手を振って村崎同心が面番所の戸を引き開け、四郎兵衛を追い出した。

八代目頭取の四郎兵衛は、ゆっくりと大門を出て、足を止めた。そんな四郎兵衛の眼差《まなざ》しは五十間道の北側に向けられていた。

大門前にだらしなく停《と》められた空駕籠《からかご》がいくつも五十間道の中ほどまで見えた。

四郎兵衛が佇んでいるのは鉄漿溝と黒板の高塀の傍《そば》、塀のすぐ向こうは吉原会所という界隈《かいわい》だった。この不況のせいで吉原に客足が途絶え、五十間道の外茶屋と見世はひっそりとしていた。

四郎兵衛は、目の前に建つ外茶屋の外丁子《そとちょうじ》の内証が厳しいことを承知していた。そんなことを考えていると、

「八代目、駕籠を使ってくれないか」

と駕籠舁《か》きが声をかけた。

「どうしなさったな」

「どうしなさったじゃねえよ。廓に客が来ないんじゃや、空駕籠ばかりのこの有様だよ。せめて頭取さんが乗ってくれませんかね」

「駕籠屋さん、御免色里は閑古鳥《かんこどり》、となると吉原会所も暇でしてな。私、先代より足腰だけは丈夫ですから、暇に飽《あ》かして歩かせてもらいます」

四郎兵衛が五十間道を見返《みかえ》り柳《やなぎ》へと向かって歩き出した。

「裏同心の旦那が八代目頭取になったと思ったらよ、廓内は切見世のどぶ掃除、頭取おん自らは歩きだとよ、相棒」

「景気が悪い折りに吉原会所の八代目だと、出世どころか貧乏籤《びんぼうくじ》を裏同心は引き当てたんじゃねえか」

「かもしれねえな。いや、最初から裏同心には吉原会所の頭取なんて無理だったんじゃねえかね。こんどの頭取はよ、身銭を使うことを知らないぜ」

「元々貧乏浪人《ろうにん》が吉原会所の裏同心を務めていたんだ、駕籠の乗り方も知るまいよ」

という駕籠屋の問答を背で聞きながら四郎兵衛は衣紋坂《えもんざか》上、見返り柳から日本《にほん》堤《づつみ》、通称土手八丁《どてはっちょう》に出た。

三浦屋の隠居所のある根岸の郷は左手、三ノ輪《みのわ》方面に向かわねばならない。が、四郎兵衛の足は日本堤の右手、隅田川《すみだがわ》（大川《おおかわ》）との合流部の今戸橋《いまどばし》に向けられていた。

昼見世の客か、四手《よつで》駕籠がやってきた。だが、なんとなく遊びに向かう客のわくわくした熱気に欠けていた。だらだらとした駕籠舁きの動きだった。

松平定信の寛政の改革の失敗は緊縮財政にあった。金子が流通しないとなると吉原のみならず江戸全体に深刻な不況をもたらした。とはいえ、田沼意次時代の賂《まいない》政治には戻るに戻れない時世だった。

かような情勢下、吉原を仕切る吉原会所に金子がないのは致命の極みだ。なんとかして御免色里に客を呼び込むための手立てを考えるのが八代目頭取の務めだった。それにしても吉原会所の金蔵に四百両にも満たない金子しかないとは、想像もしなかった。

一番仰天《ぎょうてん》したのは番方の仙右衛門だ。

「なんと会所の内蔵《うちぐら》にこれきりですか。これまでの払いは先代の四郎兵衛様が身銭を切ってしておられたのか」

と八代目の四郎兵衛を眺めたものだ。

官許の遊里吉原に上客を呼ぶにはそれなりの、

「見栄」

が要った。それもこれも吉原の側に金子がなければ呼び水とはならなかった。紋日《もんび》に仲之町に飾る桜や菖蒲は一度使い切りで高田村の植木職長右衛門にそのたびに六十両を支払った。先代は身銭を切る分限者だったから、なんとかなった。

だが、裏同心神守幹次郎にはさような金子はなかった。

もはや隠密廻り同心の村崎季光ですら八代目頭取にまとわりつく真似はしまい。四郎兵衛は会所の実態を晒《さら》したのだ。金子の余裕がないところには村崎季光は決して近づかなかった。

(やはり松平定信様に金子を借りるしか策はないか)

と考えつつ、今戸橋の船宿《ふなやど》牡丹屋《ぼたんや》に向かった。

「おい、幹やん、辛気臭《しんきくさ》い面《つら》をしてどこへ行くよ」

と後ろから声がかかった。

振り向かなくとも声の主《ぬし》は、豊後国岡《ぶんごのくにおか》藩の下士だったころからの幼馴染《おさななじみ》、元中間《ちゅうげん》の甚吉《じんきち》と分かった。ただ今は浅草並木町の料理茶屋山口巴屋の男衆《おとこし》として働いていた。

「金策に参るところだ」

と肩を並べた友に正直に告げた。

「金策だと、幹やんの懐に金子がなければ会所の銭を融通せえ。幹やんは今や吉原会所を仕切る八代目頭取やぞ」

甚吉が昼見世の客が五十間道に向かう日本堤で言い放った。

四郎兵衛には、村崎同心とした問答の二番煎《せん》じをなす気はない。

「それがないのだ、甚吉」

とだけ告げた。

「おれは幹やんの懐具合を言うておるのではないぞ」

との甚吉の言葉を聞き流し、二丁の四手駕籠が絡《から》み合うように日本堤をふたりのいるほうへ駆けてくるのに四郎兵衛は気づいた。

「甚吉、危ない、土手に寄れ」

四郎兵衛は甚吉の手を摑《つか》んで、ふたりして路傍《ろぼう》に飛び下がった。

その瞬間、四手駕籠が絡み合って土手八丁の路上に倒れ込み、客がふたりの眼前に転がり出てきた。

「なにをしやがる、駕籠舁きめ。てめえら、昨日今日駕籠舁きになったんじゃあるめえ。おれの客が怪我《けが》をしたらどうする」

土手八丁で駕籠同士のぶつかり合いで転んだ一丁の駕籠舁きが別の四手駕籠の駕籠舁きに怒鳴った。

「なにっ、てめえらこそおれらの駕籠を土手八丁で強引に抜きやがったな。挙句《あげく》の果てがこの始末だ。おれらの客人はお侍《さむらい》だぞ、面目《めんもく》を潰されたと言われたらどうする」

二丁の駕籠の先棒《さきぼう》が息杖《いきづえ》を手にそれぞれ立ち上がり、睨《にら》み合った。

吉原を前に日本堤で客を乗せた四手駕籠がぶつかり合って転ぶなど、四郎兵衛はこれまで見聞したことがなかった。

（どう宥《なだ》めたものか）

一丁の四手駕籠から大工《だいく》の親方とみられる身形《みなり》の客が姿を見せて、もうひとつの駕籠に向かって、

「額《ひたい》を怪我させやがったな、血が流れていらあ」

と手拭いで額を押さえながら叫んだ。

もう一丁の四手駕籠からも客が姿を見せた。黒羽織《くろばおり》に袴《はかま》姿は御家人《ごけにん》か、そんな形だった。黒塗《くろぬり》の大刀《だいとう》を手にして、

「それがしの面目を日本堤で潰しおったな、許さぬ。香取神道流《かとりしんとうりゅう》の業前《わざまえ》で叩き斬ってくれん」

と喚《わめ》いた。

「幹やん、ど、どうするよ。おめえは吉原会所の新米頭取だぜ」

と甚吉が腕を摑んで揺すった。

その言葉を聞いたか、小粋な形をした親方が額を手拭いで押さえながら、

「おお、吉原会所は新しい頭取になったってな。ちょうどいいや、目の前の騒ぎだ、なんとかしねえ」

四郎兵衛に向かって叫んだ。するともう一丁の四手駕籠の侍も手にした黒鞘《くろざや》の大刀を腰に差し落としながら、

「吉原会所の新米頭取などに、それがしの面汚しを償《つぐな》えるものか。相手の駕籠の駕籠舁きと生意気な客を叩き斬ってくれる」

と大刀の柄《つか》に手を掛けた。

「なに、本所《ほんじょ》の北割下水《きたわりげすい》辺りの貧乏侍め、おれを叩き斬るだと、やってみねえ」

と己が乗ってきた駕籠の先棒の息杖を奪った親方が侍に向かって構えた。

そんな騒ぎに、あとから来た吉原に向かう別の駕籠が次々に停まり、

「おい、八代目頭取、どう始末をつけたものかね、おまえ様の腕が試されているぜ」

と駕籠舁きのひとりが四郎兵衛を冷やかすように言った。

香取神道流の遣い手と言い放った侍と、息杖を構えた親方が睨み合った。

先ほど絡み合って転倒した二丁の駕籠はどこか尋常《じんじょう》の駕籠の動きではなかったと、四郎兵衛は思った。

「おい、頼むぜ。八代目頭取さんよ、なんとかしてくれねえか」

と息杖を親方に奪われた駕籠舁きが四郎兵衛を見て願った。

「幹やん」

と甚吉が呼んだ。

しばし間を置いた四郎兵衛は、日本堤に駕籠を停めて騒ぎを見つめる遊客《ゆうかく》に向かって言い出した。

「日本堤のお客人、よう吉原の昼見世に参られました。かようなご時世、お客様は御免色里吉原にとって神様仏様でございます」

「八代目、そんな御託《ごたく》並べている場合じゃねえぜ。今にも斬り合いが始まろうとしているんだぞ」

と思いがけず騒ぎを見物することになった駕籠舁きのひとりが四郎兵衛に叫んだ。

「お気遣いの言葉、真に有難うございます」

「おれを気にかけるより斬り合いが始まろうとしてる、そっちを気にかけろと言っているんだよ」

「はいはい、このふたつの四手駕籠でございますがな、最初から見ておりますが妙な動きでございましたな。この騒ぎ、茶番と受け止めまする」

「な、なに、この騒ぎ、茶番と言いなさったか、四郎兵衛様よ」

と別の駕籠の客が言った。

「いかにもさよう。二丁の四手駕籠の駕籠舁きも二組の客人も仲間とみましたがな。なにより額に怪我をしたはずが、傷がどこにも見えませんな」

「おお、怪我なんてしてねえぞ」

甚吉が叫んだ。

一方は息杖を構え、もう一方は刀の柄に手を掛けた両人が舌打ちした。

「さあて、吉原になんぞ恨《うら》みつらみを持つ輩《やから》がわざと起こした騒ぎとみましたが違いますかな。二丁の四手駕籠は同じ駕籠屋のものでございますな。どうやら新米頭取の四郎兵衛になんぞ曰《いわ》くがあっての騒ぎでございませんかな」

と八代目が言い放った。

「四郎兵衛とやら、武士に向かってなんたる雑言《ぞうごん》か。それがしを金子目当てに騒ぎを起こす輩と蔑《さげす》みおったな」

大刀の柄に手を掛けていた侍が息杖を構えていた親方から四郎兵衛に向きを変えた。

「おお、おれも許せねえ」

親方もまた四郎兵衛に息杖を向けた。

「ほうほう、ご両人、仲間同士、なんともお似合いでございますぞ。この騒ぎ、吉原会所相手の小銭稼ぎですかな、それともだれぞに頼まれなさったか」

「おのれ、許さぬ」

と喚いた侍が刀を抜き放とうとした。

その瞬間、四郎兵衛が腰に下げた煙草《たばこ》入れから煙管を抜くと大胆にも踏み込み、刀の柄を握った右手を、
ぴしり
と音を立てて叩くと同時に、息杖を突き出そうとした親方の額を殴りつけた。

「うっ」

「あ、痛《いた》たた」

と両人が四郎兵衛の先手に立ち竦《すく》んだ。

「白昼の日本堤で刀を抜くなど厄介ごとは御免蒙《こうむ》りましょう。またそちらの親方の額には駕籠が絡み合って転んだ折りについたという傷からの血が流れておりませんな。そこでこの四郎兵衛が新たな傷を作って差し上げました」

わざわざ昼見世に向かう遊客に聞かせた四郎兵衛が、

「これにて茶番は終わりにございます。ほれ、二丁の四手駕籠の駕籠舁きどの、こたびだけは、吉原会所八代目頭取四郎兵衛、見逃します。さっさと土手八丁から消えなされ」

と朗々《ろうろう》とした声音《こわね》で言うと、

「裏同心の腕前、落ちてねえな」

とか、

「八代目を贔屓《ひいき》にしてやるぜ」

などと声が飛んだ。

「お客様方、この四郎兵衛よりも馴染の遊女衆のご贔屓、どちらのお客人様にもお願い奉《たてまつ》りまする」

と四郎兵衛が言って頭を下げた。

騒ぎを起こした二丁の駕籠舁き四人と客の両人はこそこそと日本堤から浅草田圃《たんぼ》へと向かって逃げ去って消えた。

三

この日の六つ（午後六時）前、夜見世《よみせ》が始まろうとする刻限、四郎兵衛の姿は浅草御蔵前通《おくらまえどお》りの札差《ふださし》伊勢亀《いせき》の奥座敷にあって、八代目半右衛門《はんえもん》と対面していた。

「後見《こうけん》、浜御殿の傍らのお屋敷からお帰りですと」

と半右衛門が質した。後見と、半右衛門が四郎兵衛のことを呼んだにはわけがある。

神守幹次郎は、伊勢亀の先代だった七代目の要望で伊勢亀の後見に就いていた。この事実を知る者は限られていた。伊勢亀の先代と吉原会所頭取の先代の両人が亡くなった今、半右衛門は神守幹次郎が、つまりは八代目四郎兵衛が引き続いて伊勢亀の後見であることを承知しておくようにと、「後見」とわざわざ呼んでから問答を始めたのだ。

頷いた四郎兵衛は、

「半右衛門様、私、ただ今吉原会所の四郎兵衛にございますが、それでも伊勢亀の後見と呼ばれて、ようございましょうかな」

と念押しした。

「うちの後見はたしかに神守幹次郎様ですが、神守様と四郎兵衛様が同じ人物となれば、うちの後見方を吉原会所の当代の頭取四郎兵衛様も相務めねばなりますまい。いささか厄介ではございますがな、うちの後見は表には知られていない陰の人ですから、私どもの間でさほどの差し障《さわ》りはありますまい」

と言った。

両人にとって、問柄確認のための問答であった。そこでようやく半右衛門が話柄を転じて、

「で、金策と申されましたが、先の老中松平定信様からなにがしか金子の借用ができましたかな」

と問うと、四郎兵衛はゆっくりと頷いた。

「先の老中首座、譜代《ふだい》大名白河藩松平家の懐具合はうちでもそれなりに承知です。いくらの借用が叶《かな》いましたな」

「十万両ほどです」

しばし無言で四郎兵衛を凝視していた半右衛門が、

「冗談ではなさそうな。老中首座を解任させられた松平定信様が四郎兵衛様に十

万両という大金を用立てたとは驚きの一語です」

「半右衛門様、この金子の出所には私も関わりがございます。とはいえ、出所はお尋《たず》ねくださるな。幕閣のだれも知らぬ二十六万三千両余を松平様と私の他、限られた者たちだけ心得ており、松平様がその金子を所蔵しておられました。そんなわけで吉原会所に金子がないと知ったとき、そのうちの十万両を吉原の改革のために借用したいと松平の殿様に願いましてございます」

半右衛門がしばし沈思した。

「借用金というより、返却の要のない金子と考えてようございますな」

「いかにもさようと心得ています。御免色里の立て直しのためにと松平様にもご理解いただいております」

「吉原会所の八代目頭取は、いやさ、うちの後見は、やはりただ者ではありませんな」

「半右衛門様、吉原の立て直し、金子なしでは叶いますまい」

「いかにもいかにも」

と応じた半右衛門が、

「で、十万両といえば千両箱で百でございます。いつ松平様からお受け取りになりますな」

「そこで半右衛門様に頼みがございます」

四郎兵衛が懐から一通の書付《かきつけ》を出して半右衛門に渡した。文面には、

「吉原会所八代目頭取四郎兵衛の代理人札差筆頭行司《ぎょうじ》伊勢亀に十万両を下げ渡すこと承《うけたまわ》り候《そうろう》」

とあり、松平定信の花押《かおう》があった。

「念のため申し上げますがこの書付、私の目の前で松平様が認《したた》められました」

「繰り返しますがうちの後見はただ者ではございませんな。で、願いの筋とは」

「半右衛門様、書面の通り、松平邸にて十万両を私の代理人たる札差伊勢亀が受け取ってくれませぬかな。かような金子、ただ今の吉原会所に持ち込めませんでな。なんぞ勘違いなさるお方があちらこちらにおられます」

吉原会所に四百両足らずの金子しかないことを町名主らに未だ説明していないと、四郎兵衛は半右衛門に告げた。

「松平家では、うちが四郎兵衛様の代理人と承知ですかな」

「この書面の他、口頭《こうとう》でも松平様には申し上げてございます」

半右衛門は慎重に沈思して頷き、さらに質した。

「四郎兵衛様、この十万両、直ぐに費消《ひしょう》されますかな」

「いえ、そこで新たな頼みがござる」

「伊勢亀にて運用しろと申されますか」

四郎兵衛が首肯《しゅこう》し、半右衛門が、

「なにがしか近々使われる当てがございましょうな」

「十万両を直ぐに使う企《くわだ》てはございません。ただし五十間道に三百余坪のまとまった土地と建物を購《あがな》いとうございます」

「土地が三百余坪ですと、廓内で見つけるのは無理ですな」

「無理です」

と言い切った四郎兵衛に半右衛門が、

「後見、うちが手助けできるよう、すべて話してくださらぬか」

「ただ今話せることは話す心算で参りました」

吉原会所八代目頭取と百余株の札差を束ねる伊勢亀の当代との話は半刻に及《およ》んだ。その後、手代《てだい》の孟次郎《たけじろう》と春蔵《しゅんぞう》がその席に呼ばれた。

「御両人、ただ今よりそなたらの主は、吉原会所八代目頭取四郎兵衛様です」

と半右衛門が直截《ちょくせつ》に命じた。

ふたりの手代は表情を変えず元の主の顔を見ていた。

「むろん、四郎兵衛様と神守幹次郎様は一人二役《いちにんふたやく》なれば、神守幹次郎様がそなたらの主でもあります」

その言葉を聞いた両人の顔が和《なご》み、四郎兵衛に笑みを浮かべた眼差しを向けた。

このふたりは伊勢亀の先代半右衛門が最晩年、吉原の薄墨太夫《うすずみだゆう》を落籍《らくせき》するという要望を実現するために神守幹次郎のもとで御用を務めたことがあった。薄墨太夫落籍という吉原じゅうが驚愕《きょうがく》した大仕事を三人は助勢し合って成し遂げたゆえに、強い信頼関係で結ばれていた。

久しぶりに会った神守幹次郎は、なんと吉原会所の八代目頭取四郎兵衛の顔も持っていた。

「旦那様、私ども両名、吉原会所当代頭取四郎兵衛様、及び神守幹次郎様の僕《しもべ》であり、また伊勢亀の奉公人であると考えてようございますか」

と孟次郎が念押しした。

「そなたらは承知でしたな。神守幹次郎様はうちの先代以来、伊勢亀の後見であることを」

ふたりが無言で頷き、四郎兵衛を見た。

「なんなりと御用をお命じくだされ」

と春蔵が四郎兵衛に願った。

四郎兵衛は、

「さる屋敷から金子を受領し、伊勢亀に運んでくだされ」

とふたりに願った。

「畏まりました」

四郎兵衛の要望に驚きを見せることなく半右衛門から書付を受け取り、文面に視線を落とした。

そのとき初めて、両人に驚愕の表情が浮かんだ。が、驚きを口にすることはなかった。

「千両箱百個となればそれなりに重うございます。十万両の小判と他人には悟《さと》られぬよう浜御殿近くの大名家抱屋敷からうちまで運び込むのです。大仕事ですができますかな」

と半右衛門がふたりに念押しした。

蔵前の札差筆頭行司伊勢亀の手代とはいえ、十万両という小判を運んだ経験はなかった。大金になればなるほど紙一枚の為替手形《かわせてがた》で決済が済むからだ。

孟次郎と春蔵が顔を見合わせ、四郎兵衛に視線を向けた。その眼差しは、なにか策はあるかと無言で質していた。

「ご両人、松平様の江戸藩邸にて重臣富樫佐之助忠恒《とがしさのすけただつね》様にお会いなされ。そしてその書付をお渡しすれば、抱屋敷から小判とは分からぬ体《てい》で船まで運ぶ手伝いはされましょう。伊勢亀の後見でもある私が前もって富樫様に書状をお送りして十万両移送の手伝いを願っておきます。本日より三日以内に受領してこちら伊勢亀の蔵に移していただくと有難い」

四郎兵衛の言葉を聞いた両人が、

「畏まりました」

と安堵の顔を見せた。

富樫は松平家が所蔵する大金の出所を承知していた。また吉原会所直ではなく神守幹次郎が後見を務める札差筆頭の伊勢亀に移送を任せるというのは、富樫が大いに安心するはずと四郎兵衛は考えていた。

「富樫様への書状、明日にも届けます」

との四郎兵衛の言葉を最後にふたりの手代がその場を去ったあと、改めて半右衛門と四郎兵衛は向き合った。

「さて、四郎兵衛様の企て、五十間道に三百余坪の土地を入手したいと申されましたが当然当てはございましょうな」

と半右衛門が質した。

「当てはございます。先祖は武士の出という外丁子という店です。外茶屋の外丁子はかような不況の中にも手堅い客を抱えております。ところがつい最近知ったことですが、常連客の支払いが引っ掛かっておるとかで、茶屋の運営に苦労をしているようです。まあ、この不景気、どこの妓楼も茶屋もこの程度の苦労はしておりましょうが」

「四郎兵衛様のことです。策はございましょうな」

「外丁子の主、岩井《いわい》広右衛門《ひろえもん》様の長年の夢は、大門の中に引手茶屋を持つことか」

「ほう、四郎兵衛様には廓内の引手茶屋にも心当たりがございますかな」

「正直申して仲之町の両側には商いをやめたり譲渡を考えたりしている引手茶屋はございますまい。ですが、仲之町から一本入ったところには心当たりがございます」

「その建物と外茶屋の外丁子の交換を考えておられますかな、四郎兵衛様」

「はい。されどそう容易くはいきますまい。五十間道に三百余坪となると外丁子の他に何軒かのお店《たな》を買い取る要がございますでな」

「四郎兵衛様の吉原改革は途方もありませんな、廓外に三百余坪の土地ですか。外丁子はどれほどの広さですな」

「鉄漿溝に接した九十二坪半ほどの広さです」

四郎兵衛は自ら描いた絵図面を半右衛門に広げて見せた。

「なんと吉原会所の建物と鉄漿溝に近接しておる外茶屋を四郎兵衛様は求めておられますか」

半右衛門の目が光り、大門前の外茶屋の並びを思い浮かべる表情を見せた。

「四郎兵衛様、この話、京の花街《かがい》の経験と重なりますかな」

「はい、京の逗留《とうりゅう》から得られた考えでございます。ただし、未だ漠然《ばくぜん》としており、半右衛門様を納得させるまでには至っておりません。詳《くわ》しいことはもうしばらく待っていただけませぬか」

「私、うちの後見の真摯《しんし》な人柄を信頼しております、詳細が決まりましたらまず真っ先にこの伊勢亀に話してくだされよ」

と半右衛門が願い、四郎兵衛が頷くと、

「鉄漿溝に接した土地界隈の外茶屋とお店の内証をうちでも調べてみます」

と約定《やくじよう》した。

「半右衛門様、松平様からの金子がこちらに届いた折りには、もう少し話が進んでおるとよいのですがな」

と四郎兵衛が申し訳なさそうに言ったものだ。


この日、八代目頭取の四郎兵衛が吉原会所に戻ったのは、五つ半（午後九時）の夜見世真っ最中の刻限だった。昼見世前から出ていたゆえに半日ほど廓を四郎兵衛は留守にしていた。

大門前に小頭の長吉が立っていた。

「長い刻限、留守に致しましたな。廓内、なんぞ厄介ごとがないとよいのですが」

と案ずる言葉をまず吐いた。

「廓内にはありませんぞ、四郎兵衛様」

「ということは廓の外でなんぞございましたかな」

「はい」

「なんでございましょう」

「四郎兵衛様ご自身が、日本堤にて妙な駕籠二丁と客二人に絡まれたとか」

「ああ、あの小騒ぎですか。そのあと、あれこれと用事がございましたでな、忘れておりました。それにしても会所の関わりの者が見ておりましたかな」

「いえ、昼見世の客が四郎兵衛様の煙管捌《さば》きをとくとくと話していきましたでな、私どもが知りましてございます。四郎兵衛様、新たな難儀《なんぎ》が会所に降りかかりましたかな」

と長吉が案じた。

「あるいはこの四郎兵衛に恨みを持つ御仁《ごじん》があの者どもに頼んだか。ともあれ、私にも用事が待ち受けておりましたし、あの輩ども、大物とも思えませんでな、あの場で解き放ちました」

と言い置いた四郎兵衛が会所の表戸に向かった。その背に、

「番方は御用部屋におりますぜ」

と長吉の声がした。

会所の広土間には飼犬の遠助《とおすけ》の姿もなかった。女裏同心の澄乃《すみの》と夜廻りに出ているのだろう。

御用部屋には仙右衛門がひとり憮然《ぶぜん》とした顔で四郎兵衛を待ち受けていた。

「番方、長い時間、会所を留守にしましたな。小頭から厄介ごとはなかったと聞かされてほっとしております」

四郎兵衛の言い訳に頷いた番方が、

「それより四郎兵衛様、金策はうまくいきましたか」

と険しい顔で質した。

「そちらが私どもの一番の大事でしたな。番方、なんとか三日以内には工面《くめん》はつきそうです」

「おお、それはよかった」

と安堵した仙右衛門が、

「へえ、わっし、会所に三百五十七両ほどしかないと知って以来、眠るにも眠れませんや。ともかく廓内での収入と支払いを、大福帳《だいふくちょう》の埃《ほこり》を払いながら何冊も繰りまして、古証文を含めて調べてみました。ちなみに古証文で金子になりそうなものはほとんどございませんでした。

またこのところの緊縮の触れで廓の実入りが減っており、会所への支払いも滞《とどこお》っている妓楼や引手茶屋が結構な数ございましてな、田沼様が老中だった折りの半分の収入もございません。

先代の頭取は、このへんの会所の減収を自前で補塡《ほてん》しておられたのでしょう。先代が身罷られた今、大福帳には自前の金子は記載されておりませんし、いくら補塡されていたかさえ分かりません」

「身罷られた先代はさようなご苦労をされておられましたか。私、番方がとくと承知のように財産は、先代から頂戴した柘榴の家しか持ち合わせておりません」

との四郎兵衛の言葉に仙右衛門が頷き、

「さて、帳簿から察せられた事実ですが、この半年の会所への入金は、七百両を切っておりましてな、これでは吉原会所は立ち行かないのはたしかです。

四郎兵衛様はご存じございますまいが、会所の若い衆の給金だけでわっし以下、新入りまで十五人の定雇《じょうやと》いと臨時雇いに月ごと六十七両ほど支払わねばなりません。ただ今の所持金から今月分を払ったら、来月はなんとも目処《めど》がつきませんし
と言い添えた。

この六十七両には神守幹次郎の給金も入っていた。

「相分かりました。ちと話を戻します、最前、調べられた古証文の中に小吉《こきち》親方

の見番《けんばん》の土地、家屋の沽券《こけん》はありましたかな」

「見番ですか、あったかな。改めて調べてみますか、八代目」

「いえ、結構です。ところで番方、差し当たって会所内蔵の銭箱にどれほどの金子が入っておれば当座の御用が差し障りなく務まりましょうかな」

四郎兵衛は、仙右衛門の苦労を少しでも取り除こうと催促《さいそく》した。

「高田村の植木職だけで支払いは年に百五十両を超えております。半期七百両の実入りとして一年に千四百両ですな。これだけでは吉原会所は成り立ちません、今年のうちにも潰れます。

そうですな、余裕の所蔵金が、五千両とは言いますまい。まあ、三千両から四千両あれば、今年はなんとか吉原会所の役目が果たせます」

しばし間を置いた四郎兵衛が、

「番方、金子の出所、問わんでくだされ」

と注文をつけた。

しばし沈思した仙右衛門が、

「四郎兵衛様ではございませんが、神守幹次郎様は伊勢亀の後見でしたな」

仙右衛門は、幹次郎が伊勢亀の後見を務めていることを承知の数少ない人物だ。

どうやら伊勢亀で金子の都合をつけたと仙右衛門は推量したようだ。

「差し当たって五千両を近々渡せます。なんぞ予想もつかない騒ぎが生じ、金子が要る折りは吉原の財政が立ち直るまで一万両は出せると、番方ご一人《いちにん》が承知しておいてくだされ」

「さすがに札差筆頭の伊勢亀ですな、後見の信頼にて一万両を融通すると約定してくれましたか」

番方の問いにしばらく四郎兵衛は沈黙していたが、

「この金子、伊勢亀が出所ではございません」

「なんと伊勢亀ではございませんか。となるとどこですね」

「最前も申しましたな。金子の出所はどこか触れないことにしてくだされ」

と四郎兵衛が応じた。

「吉原の関わりではないな」

と番方が思わず呟《つぶや》いた。

「いかにも吉原ではございません」

と四郎兵衛が言い切り、黙って仙右衛門が新米頭取の顔を凝視した。

四

四郎兵衛はその形のまま吉原会所を出て夜廻りに向かおうとした。すると女裏同心の嶋村《しまむら》澄乃と老犬の遠助が戻ってきた。

「見廻り、ご苦労でしたな」

と労《ねぎら》った。すると澄乃が、

「八代目、柘榴の家にお戻りですか」

「いや、半日廓を留守にしていたで、夜廻りに行こうと思う」

「ならばお供《とも》させてください、四郎兵衛様」

と願った。

四郎兵衛の形で見廻りに行くのは珍しい。ふだん神守幹次郎として大小を腰に差しての見廻りだ。それが腰に煙草入れを下げた形で見廻りと聞いた澄乃が即刻反応した。

「おお、それは心強い」

と応じた四郎兵衛の前で遠助に澄乃が、

「こたびの見廻り、おまえさんは会所で休んでいなされ」

と命じ、遠助は自分の寝床にすとんと尻から落ちてへたり込んだ。

四郎兵衛と澄乃は、仲之町をぶらりぶらりと水道尻へと向かった。

「八代目、切見世のどぶ板道の掃除を確かめに参られますか」

「その前に見番の小吉親方に会っておきたい。そのあと、切見世廻りをしようかと思う。すまぬが澄乃、天女池《てんにょいけ》の野地蔵《のじぞう》の前で待っていてくれぬか」

四郎兵衛は、見番の小吉とは独《ひと》りで会いたいと言外に告げた。

「さほど長いことは待たせぬ心算です」

「承知しました」

ふたりは揚屋町《あげやちょう》の辻で別れた。

見番には小吉が独りいた。

廓の客足は少なかったが芸者や幇間《ほうかん》は座敷に出払っているのか、と四郎兵衛は考えた。するとその胸のうちを読んだように小吉が、

「八代目、このところ客が不入りでして、妓楼から注文がまるで入ってきませんでな、芸者も囃子方《はやしかた》も幇間も半分の数しか見番に来させていないのさ。残りの半数は明日でさ」

「すまないね。妓楼に客が上がらんでは致し方なき仕儀《しぎ》です」

「八代目が詫《わ》びる話じゃないよ。難儀な最中に頭取に就かれましたよ」

と小吉が言った。

「なんとか客が吉原に戻ってきてほしいのですがな」

「ない袖は振れませんよ」

「そのことです。ひとつだけ難題の目処がつきそうでしてな」

「難題のひとつとやらは何ですね」

「吉原会所に金がないことです」

と前置きして先代の死後、会所の内蔵を開けて確かめた所持金が三百五十七両二分一朱と百三十文しかない事実を正直に告げた。小吉が信頼に足る人物とこれまでの付き合いで察していたからだ。

「な、なんと、天下の御免色里を差配する吉原会所の手持ちの金子がたった四百両にも満たないですと」

小吉も驚愕した。

「どうやら七代目は引手茶屋と浅草並木町の山口巴屋の稼ぎを吉原会所に注《つ》ぎ込んで体面を保っておられたようです」

事実を聞かされた小吉も黙り込んだ。

「吉原裏同心神守幹次郎様は、どう考えても財産をお持ちではない」

と小吉が呟いた。頷いた四郎兵衛が、

「あるのは七代目がわれら夫婦に無償で譲渡してくれた柘榴の家だけです。ここにはわが女房の他に義妹《いもうと》の加門麻《かもんあさ》が住んでおりますで売るに売れません」

「八代目、会所の費えのために柘榴の家を売ったところで高《たか》が知れています。ただ今の吉原会所には四桁《けた》の小判が要りましょうぞ」

かつて売れっ子の義太夫《ぎだゆう》語りだったが、呑む打つ買うのし放題で身を持ち崩した小吉は、水道尻の火の番小屋の番太《ばんた》をしていた。そのあと、あれこれと騒ぎがあって七代目四郎兵衛の助けでなんと見番の頭取に就いていた。それだけに廓の差配の吉原会所にも見番の商いにもそれなりの金子が要ることを承知していた。

「小吉親方、なんとか金子の目処は立ちました」

「ほう」

と応じた小吉が、

「となれば、この小吉に見番を会所に戻せと申されますかな。先代のお陰でこの見番の土地建物がおれの手元に転がり込んできた。当代の四郎兵衛様が戻せと申されるならば、致し方ありませんな」

過日、四郎兵衛は小吉に見番を廓の外に引っ越しさせてもよいかと打診していた。ゆえに小吉が反応し、四郎兵衛が知らぬことを告げた。

「一年ほど前に見番の沽券の名義をおれの名に先代がしてくれました。おれの一存でなんとでもなりますでな、御免色里のためになるというのなら、四郎兵衛様、見番の土地と建物お返ししますぞ」

「有難い、その言葉を本日聞きとうございました。小吉親方、今しばらく私の企てを黙って見ていてくれませんか。すべてが整った段階で改めて相談します。その折り、親方の返答を聞かせてくだされ」

四郎兵衛が願って腰を上げた。

「八代目、ご存じと思いますがな、この見番の土地は六十三坪でしてな。地下蔵と一、二階です」

「念押ししますが、廓の外に見番を移して差し支えありませんな」

「うちは芸者、幇間、音曲方《おんぎょくかた》、大半が廓の外に住まいを持っておりますでな、廓内に見番がなくとも差し支えありませんぞ。それよりなにより芸者に扮《ふん》した遊女が足抜《あしぬき》する騒ぎが減りませんか」

と言った。

澄乃を天女池の野地蔵の前で四半刻《しはんとき》（三十分）ほど待たせていた。

四郎兵衛はそう思い、急ぎ蜘蛛道を抜けて天女池に出た。表通りの仲之町の灯《あか》りがおぼろに天女池に漏れていた。廓内の住人しか知らぬ天女池に人影はなかった。

四郎兵衛はしばし天女池の傍らに立つ老桜の下で澄乃を待った。西河岸のほうから尖《とが》った叫び声がした。澄乃の声ではなかった。切見世女郎のひとりだろう。なんぞ客と揉《も》めごとがあったか、と思った。

四郎兵衛が西河岸に出てみると狭い河岸道に女郎がひとり立って、今朝がたから会所の若い衆と溜の車善七の配下の衆が黒板塀の外、鉄漿溝に新たに設けようとした排水口を何者かが破壊した跡を見ていた。

切見世女郎の松世だ。気配を感じた松世が振り返って、

「四郎兵衛様」

と言った。

「何者の仕業《しわざ》ですか、松世さんは承知かな」

「いえ、夜見世の始まった折りは、河岸道のどぶもきれいに掃除されて排水口の枠板も設置されていましたがな、最前、客を送り出した折りにこの有り様に気づきましたのさ、客かねえ、この悪戯《いたずら》」

と松世が言う声を聞いたか、仲間の切見世女郎が何人か姿を見せた。

「客の悪戯ではございませんな。会所が切見世の手入れをする邪魔をしておるとなると廓内の者かな」

と四郎兵衛が言った。

そのとき、開運稲荷《かいうんいなり》の角に澄乃らしき人影が見えた。

「切見世が汚いまんまがいいという輩が会所の作業を邪魔していますか、四郎兵衛様」

「どうやらそう考えたほうがよさそうですな」

「これからどうしますね、頭取」

松世が投げやりな口調で吉原会所の対応を質した。

「やりかけた作業はなんとしてもやり遂げますでな。明日から人手を増やして、見廻りも厳しくしますぞ」

と言い残した四郎兵衛は開運稲荷に向かって歩いていった。

四つ（午後十時）の刻限を過ぎていた。

公儀が吉原に許した大門閉め、見世仕舞いの刻限だ。

だが、御免色里の吉原は、引け四つと称する夜半の九つ（午前零時）近くまで客を入れることを暗黙のうちに許されていた。むろんこの引け四つ、一刻《いっとき》（二時間）ほどの営業延長のために公儀の然《しか》るべき筋に吉原会所よりそれなりの金子が支払われてのことだった。

開運稲荷の前で澄乃がひっそりと四郎兵衛の来るのを待っていた。

「四郎兵衛様、西河岸ばかりではなくて羅生門河岸も悪戯されております」

「客の悪戯などではあるまい。吉原会所の、いやさ、この四郎兵衛の企てを阻止《そし》しようという者の仕業ではないか」

「少なくとも七、八人の者が関わっておりましょう。外から入ってきた者の仕業とは思えません。廓内にいる何者かの仕業です」

と澄乃も四郎兵衛と同じ考えを示した。

「何者の仕業か見当がつきませぬか」

「はい、切見世を以前のままにしておきたい者となれば、切見世の抱え主《ぬし》辺りではありませんか」

と澄乃が推量した。

「切見世の主ですか、ひとりふたりの仕業ではありますまい。西河岸も羅生門河岸もとなると、何人かの切見世の主が話し合ってのことでしょう。吉原会所の魂《こん》胆《たん》を見極めようとしておるように思えます」

切見世の主は表に立つことはない。また切見世を数軒所有している者もいるという噂もあった。だが、吉原会所もころころと主が代わる切見世の実態を摑んでいない。

「まず番方に相談なされ」

「承知しました」

と澄乃が四郎兵衛の推量に応じて短く答えた。

「澄乃、明朝ですが、そなたに今ひとつ頼みがあります。文使いです」

どちらへと澄乃は訊《き》かなかった。女裏同心の嶋村澄乃を使う以上、ただの文使いでないことを察していた。

「これから会所に戻って書状を認めます。明日、北《きた》八丁堀の白河藩上《かみ》屋敷に使いに行ってくだされ」

と願った。

澄乃は八代目頭取が一番気を遣っていることが廓の内より外にあると漠然と感じていた。だが、それがどのようなものか察することはできなかった。そのことを承知なのは、吉原会所でも番方の仙右衛門ひとりしかいない。

「澄乃、なんとか金策の目処がつきました」

四郎兵衛が足を止め、澄乃にようやく聞こえる小声で言った。

「金策の目処と申されますと」

と遠慮げに澄乃が質した。

「裏同心のそなたには承知しておいてほしい」

と言った四郎兵衛が吉原会所の内証のことを手短に告げた。

澄乃は吉原会所に四百両に満たない金子しかないことを知らされても無言を通した。が、表情には驚きが漂っていた。

「明日の文使いと吉原会所の内証とは関わりございますか」

「ございます」

「分かりました」

澄乃が応じてふたりは歩き出した。

「廓内には差し障りがあれこれとございますな」

と独白する四郎兵衛の声音が疲れていることを澄乃は察した。

「一日も早く新たな八代目体制を築かねばなりません。そうでなければ官許の吉原は、だれぞに食い物にされてしまいます。辛《つら》い仕事が続きますが、澄乃、頼みましたぞ」

と四郎兵衛が願った。

「四郎兵衛様、どのようなことでも申しつけください」

と澄乃は応じる他に言葉はなく、

「今宵も吉原会所に泊まられますか」

と質した。

「当分、柘榴の家にも帰れませんな」

という四郎兵衛の声は、神守幹次郎ひとりに専念できればと強く願っていると澄乃は思った。

「私が書状を認めるには四半刻もあれば済みましょう。そなたは、その間に番方に切見世のことを相談してくれませんか」

「承知しました」

「澄乃、私の代わりに夜は柘榴の家に行ってな、姉様《あねさま》や麻と過ごしてくだされや」

四郎兵衛の言葉は細心《さいしん》を極めていた。

吉原会所に戻った四郎兵衛は御用部屋に籠《こも》り、書状を認め始めた。

会所の土間で澄乃が番方らに切見世の作業の妨害《ぼうがい》を報告すると、いきなり金次の怒りの声が御用部屋まで聞こえてきた。それはそうだろう、切見世の汚水に足を浸《つ》けて作業した成果が一夜もしないうちに妨害されたのだ。

金次の怒りは若い衆らの思いを代表していた。それを仙右衛門が宥め、

「八代目はかようなことくらいで決して怯《ひる》むお方ではない。おめえらも四郎兵衛様の苦衷《くちゅう》を察して頑張ってくれないか。なんとしてもやり遂げるぞ」

という声を聞きながら四郎兵衛は書状を認め終えた。

御用部屋に呼ばれた澄乃は、富樫佐之助忠恒と文の表に記された宛名人の名を読んで、

「このお方に直にお渡し申せば宜しいですね。返書はありましょうか」

「富樫様にお渡しすれば、それでそなたは文使いを果たしたことになります」

と四郎兵衛が言い切った。

澄乃は懐深くに書状を入れた。

「いささか遅いが柘榴の家に戻りなされ」

四郎兵衛の言葉を切なく聞いて、澄乃はいっしょに戻れたらどれほど気持ちが楽かと思いながら、

「そうさせてもらいます」

と立ち上がった。


会所の土間から澄乃が柘榴の家に赴《おもむ》く様子がして、仙右衛門が御用部屋に姿を見せた。

「番方もお芳《よし》さんのところに戻られませんか」

「四郎兵衛様が柘榴の家に戻られぬのにわっしが家に戻れましょうか」

「私が新米頭取に就いて落ち着くまで、まだしばらくかかりましょう。どうです、本日はふたりして致し方ございませんが、明日から交互に家に戻って身内と過ごす夜を作りませんか」

「それはようございますね。まず明晩は八代目が柘榴の家で過ごしてくだされよ」

と仙右衛門が応じて、

「切見世の一件ですが、揚屋町の小見世《こみせ》(総半籬《そうはんまがき》)壱楽楼《いちらくろう》の太吉《たきち》が西河岸に二軒、羅生門河岸に一軒、切見世を買い取って主を務めていると聞きました。また何年か前の火事騒ぎのあと、蜘蛛道の湯屋、京二《きように》ノ湯《ゆ》を買い取ったのは、長いこと女衒《ぜげん》を務めていた百太郎《ひやくたろう》でさあ。女衒としては地味でしてね、悪辣《あくらつ》なやり口でもありませんや。この百太郎が二軒か三軒、切見世を手に入れたと小耳に挟んでいますが、どこの切見世か分かりません。明日には澄乃に手伝ってもらい、調べます。

四郎兵衛様、わっしの勘ですがね、壱楽楼の太吉と湯屋の百太郎辺りがこたびの騒ぎの背後にいませんかね」

と番方が名を挙げて言った。

「さすがは番方」

「いえね、切見世は五丁町ではねえ、御免色里の吹き溜まりとか、ごみ溜めなんて呼ばれてきまして、吉原会所が関わるのは、騒ぎが起こったときだけです。こたび四郎兵衛様が切見世を五丁町に加えようと企てているのを、ふたりが、あるいはどちらかが察して、かような真似をしましたかね」

「揚屋町に壱楽楼があることは承知ですが、切見世も持っているとは知りませんでした。つまり裏同心として関わりを持ったことはありませんな。百太郎も地味な女衒となると、吉原会所に抗《あらが》うのはどうでしょうかね」

「へえ、もしこのふたりが手を組んでいるとしたら五丁町の町名主を決める折りに名乗りを上げましょうな」

「番方も承知のように、私が西と東の切見世を五丁町に加えようと考えたのは、切見世の女郎衆が町名主になる前提でしたね、沽券もなしに売り買いできる切見世の主ではありませんぞ」

「そこですよ。もし、わっしの勘が当たっていれば、壱楽楼の太吉も湯屋の百太郎も官許の吉原の町名主の座欲しさにこたびの騒ぎを起こしたんじゃないかと思いますな」

「切見世に少しでも光を当てたいとは考えていますが、切見世の主を五丁町の町名主にする気はありません」

と四郎兵衛が言った。その語調はいつもより弱々しかった。

「ともあれ、四郎兵衛様、切見世の改革は慎重に時をかけてやるのがようございましょう」

と頭取に心服《しんぷく》する番方の仙右衛門が言った。

「切見世改革は厄介ごと、差し障りですか」

「へえ。繰り返しになりますが性急になることは避けたほうがようございましょう。かような手直しは、なんぞ大事が起こった折りに、それに隠れてひっそりとおやりになることです。これまで裏同心の神守幹次郎様がおやりになったような、根回しした末に一気に事をなすやり方は避けたほうがよかろうと思います」

と仙右衛門が懇々《こんこん》と説いた。

両目を瞑《つむ》った四郎兵衛が思案した。

長い時が吉原会所の八代目頭取とその腹心の番方の間に流れた。

四郎兵衛が両目を開いて、

「番方、よう忠言《ちゅうげん》してくれました。私め、いささかあれもこれもと考え過ぎたかもしれぬ。裏同心の神守幹次郎の仕事がなんとかなったのは、七代目四郎兵衛様と三浦屋の四郎左衛門《しろうざえもん》様のおふたりの力があればこそ。そのことを四郎兵衛、忘れておりました」

との言葉に仙右衛門が頷いた。

第二章　千両の漬物石

一

翌日の夕刻前、神守幹次郎は久しぶりに柘榴の家に戻った。松平定信が老中首座と将軍家斉の補佐方を突然解任されて以来、四郎兵衛として吉原会所に寝泊まりして改革の頓挫が吉原にどう影響するか見守っていたためだ。

この日、四郎兵衛は車善七に会い、廓内切見世のどぶ清掃と排水口の工事に配下の男衆を増員できないかと相談を持ちかけていた。

「八代目、さような話が舞い込むのではと思っておりました。あの作業に吉原会所の若い衆半数を取られますと会所の力が半減します。となると会所の仕事が疎《おろそ》かになりましょう」

と善七はすでに起こったことを把握《はあく》していた。

「善七どの、私の考えが足りませんでした」

「八代目の気持ちは分かります。そうですな、会所から小頭の長吉さんのもとに二、三人若手を加えて、うちの連中の差配をなす仕組みにしませんか。うちの連中のほうがあのような汚れ仕事には慣れておりますでな」

と言い切った。

「恐縮です」

「本日の昼よりうちの増員の男衆を廓に入れます」

「有難い。この通りです」

と頭を下げた四郎兵衛に、

「非人頭のわしに官許の遊里吉原を仕切る八代目頭取が軽々に頭を下げてはなりませんぞ」

「いえ、まともに金子もお支払いしていませんでな。新米頭取は頭を下げて誠意を見せることでしか気持ちは表せません」

「それより八代目、吉原会所の内蔵に金子がないというのはたしかな話ですかな」

と善七が四郎兵衛に質した。

うーむ、と唸った四郎兵衛がこくりと頷いた。

「金子のない吉原会所に新参の四郎兵衛様の就任とは酷でございますな。たしかに先代の七代目は、頼りにすべき御仁の留守の間に惨《むご》い殺されようをなさった。ゆえに七代目はそなた様につなぎをつける暇もありませんでしたな。そんなわけで八代目のそなた様は、なんともひどい貧乏籤を引かされました」

四郎兵衛は車善七の力を借りる以上話すべきだと、八代目を受けて以後の出来事を語った。

「なんと天下の吉原会所の金蔵に三百五十七両二分一朱と百三十文ですか」

「この間《かん》の費えでそこからさらに減っております」

「となると八代目四郎兵衛様の最初の大仕事は金策ですか」

「仰《おつしや》る通りでございます」

「どうやらその口ぶりでは金策の目処が立ちましたかな」

「二、三日うちにはなんとか、と思うております」

「このご時世に金策の目処をつけられた。吉原に関わりない西国の大名家の家臣は、新米頭取と申されたがやはりただ者ではございません」

善七は四郎兵衛が金策した相手を浅草蔵前の札差筆頭の伊勢亀辺りと推量している風があった。その推量を四郎兵衛は正すことはしなかった。

「金策が成った折りに、こたびの人足費用を支払わせてもらいます」

「四郎兵衛様、すでに一度頂戴しておりますでな、うちにはお気遣いなく願います。吉原会所の八代目頭取に就かれた祝いは、われらの立場を考え、なしておりません。八代目が考えられる普請《ふしん》が成るまで、祝い代わりです。費えはしばらく考えないでくだされ」

と車善七が言い切った。

その日のうちに非人頭から二十余人の増員があったことを四郎兵衛は番方から報告されていた。

この報告を得て、四郎兵衛は、いや神守幹次郎は大門を出たのだ。

柘榴の家には、よほどの事情がないかぎり神守幹次郎として帰ろうと心に決めていた。そのせいか、門前に立った幹次郎をこの家付きの猫の黒介《くろすけ》も犬の地蔵《じぞう》も大喜びで迎えてくれた。

門を潜《くぐ》って両側に植えられた笹のあいだに、灯りの入った小さな石の雪洞《ぼんぼり》がいくつか置かれて、狭い引き込み道を進むと黒介と地蔵の遊び場でもある庭が見えた。

母屋の傍らに加門麻の離れ屋があって柘榴の木に赤い実がいくつも秋の日差しを浴びていた。

幹次郎は不意に汀女から教えられたことを思い出していた。

「唐《とう》の国では柘榴の実は祝言《しゅうげん》の主卓を飾り、八月十五夜の名月に供《そな》えられる果物と聞きました。和国では柘榴の実が人肉の味がするなど奇妙な考えが流布《るふ》して評判は今ひとつですが、私は柘榴の花も実も大好きです」

この柘榴の家を神守夫婦に贈ってくれたのは先代の頭取であった。

幹次郎も汀女も最初は小体な家とはいえ寺町の一角にあって閑静《かんせい》な佇まいに恐れをなして、幾たびか遠慮した。だが、庭にひねこびた幹に柘榴の花を見たとき、

「この家に住もう」

と決意し、その名も柘榴の家と呼ぶことにしたのだ。

今では柘榴の家が幹次郎と汀女夫婦と義妹の加門麻を結びつける絆の住まいであり、安息の場でもあった。

「お帰りなされ、主様」

母屋の表口で幹次郎を迎えたのは加門麻だ。

「麻、そなたら女衆《おんなし》だけで、この家で過ごさせたな。すまなかった」

と詫びる幹次郎から笑みの顔で麻が大小を受け取った。

「姉上は本日六つ半（午後七時）にはお帰りになるそうです。澄乃さんが迎えに行ってくれます」

「おお、それは嬉《うれ》しい話じゃ」

「幹どの、申される通り何日もお顔を見ることが叶いませんでした。廓はお客様の入りが悪いと聞いておりますが、四郎兵衛様はご多忙でしたか」

吉原の全盛期の頂《いただき》に立っていた薄墨太夫の麻が御免色里の不況を案じる言葉を漏らした。

「松平定信様の改革が不意に頓挫したゆえ、吉原のみならず芝居町《しばいまち》も客の入りは悪いと聞いておる。かようなときほど四郎兵衛の役目は大きい。じゃが、こちらは新米頭取、あれこれとあっても効率のよい対応ができんでな、番方の仙右衛門どのをはじめ、皆に迷惑をかけておるわ」

「幹どの、どのようなお方とて北国《ほっこく》の遊里を差配する吉原会所の頭取の役目、半年そこらで呑み込めるものですか。十年とは言いませぬが、少なくとも五年はかかりましょうぞ。今少し鷹揚《おうよう》に構えなされ」

「そなたは、薄墨として天下を取った花魁ゆえ、さような言葉を吐くことができような。こちらは陰の人、裏同心として吉原会所に育てられた者じゃぞ。なかなか鷹揚に構えることなどできんな。本日も番方に、柘榴の家にて気分を変えてくだされと、言われたばかりよ」

そんな幹次郎の言葉に頷いた麻は、

「幹どの、姉上がお戻りになる前に湯にお入りなされ」

と言い、幹次郎はその足で湯殿《ゆどの》に向かった。

台所で女衆のおあきと挨拶を交わし、湯殿に入ると脱衣場でつい先刻、柘榴の家に帰るために着た衣服を脱いだ。

洗い場でかかり湯を使い、湯船に身を浸けた。

幹次郎が馴染の湯殿は、引手茶屋山口巴屋か湯屋のそれだった。湯屋の湯船は言うに及ばず、吉原でも上客のために造られた山口巴屋の湯船は大きくて立派だった。

それに比べれば、とある僧侶が女人を囲うために普請した柘榴の家の湯殿は、身内が交互に入る小ぶりの湯船で、長身の幹次郎は独りで湯に浸かるしかない。

それでも山口巴屋よりいいのは、浅草田圃が湯殿より見えて、夕暮れになると遠くに吉原の万灯の灯りが望めることだった。

幹次郎は湯に浸かり、

「ふうっ」

と思わず吐息を漏らした。

「お疲れどすな」

と着替えを持ってきた麻がわざと京訛《なま》りで言い、脱ぎ散らした幹次郎の衣服を畳む気配がして告げた。

「柘榴の家があって、麻はほんとうに幸せどす」

「それがしもそう思う。この家に戻り、こうして湯に浸かっておると贅沢《ぜいたく》と思うと同時に明日からまた頑張って吉原のために御用を務めようという気になる」

「幹どの、それがあかしまへん」

と麻が言った。

「この家は、幹どのと姉上、そして、麻のための住まいどす。外の諸々はすべて忘れて気を緩《ゆる》めて過ごしやす」

「そうか、それがし、未だ吉原の御用を身につけて湯船に浸かっておるか。まだまだ麻の領域には届かんな」

と嘆いた幹次郎は湯船から出て吉原での御用を忘れるべく洗い場に用意されていた糠袋《ぬかぶくろ》を掴んだ。すると洗い場に麻が入ってきた気配がして、

「幹どの、糠袋をお貸しなされ」

と乞《こ》うた。

「麻、衣服が濡れようぞ」

「浴衣《ゆかた》に着替えておます」

と幹次郎の背に回った麻が幹次郎の手から糠袋を取り上げて、

「うちが吉原の疲れを洗い流して差し上げますえ」

と幹次郎の背をゆっくりと洗い始めた。

糠袋が背を上下する感じを楽しみながら、

「麻、それがしのような幸せ者はこの世にふたりとおるまい」

「うちも幸せおす」

「これ以上の極楽はあるまい。先代の四郎兵衛様は、それがしに四郎兵衛という苦労と幹次郎という気楽のふたつを残して逝《ゆ》かれた」

麻の糠袋が広い背を擦《こす》り上げる気持ちよさに、幹次郎はただ浸《ひた》っていた。

「いかにも、この柘榴の家は幹どのの気休めの家どす」

と漏らした麻の息が幹次郎の背にかかったかと思うと、麻の頬が背に触れた。

幹次郎は無言で麻の肌を受け止め、両目を閉ざした。

どれほどの時が流れたか、麻の顔が背から離れた。

地蔵が吠える声が聞こえた。

汀女が戻ってきたのだろうか。

「幹どの、ゆっくりと湯に浸かりなはれ。今宵は姉上と麻の三人でゆっくりと休みまへんか」

と言い残した麻が湯殿から姿を消した。

幹次郎は湯船に戻って身を湯に沈めた。

(柘榴の家にいる折りは御用のことをすべて忘れよう)

と己に言い聞かせた。

幹次郎は麻の用意した着替えの浴衣と袖なしの綿入《わたい》れを着ると湯殿から台所の板の間に行った。すると澄乃がいて、おあきの傍に座っていた。

「すまんな、姉様の送り迎えまでそなたにさせて」

「神守様が四郎兵衛様と一人二役を務められて、汀女先生にもこれまで以上に気遣いをせんとならんと番方が申されました。澄乃にとって汀女先生の身の安全も御用のひとつにございます」

「なんと、姉様の送り迎えも吉原会所の裏同心の務めか」

「はい。なんぞ吉原会所に悪さを仕掛けようとする輩にとって、汀女先生は一見《いっけん》狙いやすいお方ではありませんか」

事実、以前にも汀女は狙われていた。

「そうか、それがしが四郎兵衛様の役を務めることで、身内すべてに緊張を強《し》いておるか。なんともな、言い訳のしようもないな」

と言いながら炭火が入った囲炉裏端《いろりばた》の定席《じようせき》に腰を下ろした。するとそこへ汀女と麻が湯に入る仕度をして姿を見せた。

「幹どの、先に酒《ささ》を独り楽しんでおりなされ」

「姉様、並木町のほうに厄介ごとはないか」

「お陰様であちらは客人が絶えませぬ。今日はわざわざ玉藻様から使いをもらって、早上がりしてよいとのこと、幹どのがうちに戻っておられたのですね」

「そういうことだ。それがしも、番方に偶《たま》には柘榴の家で過ごすように言われてな、最前戻ってきたところだ」

と言った幹次郎に澄乃が酒の燗《かん》をつけようかと仕草で訊いた。

「いや、女衆のそなたらが湯から上がるのを待ってな、身内全員でいっしょに酒を呑もうではないか。ささっ、姉様、麻、まずは湯に入ってこられよ」

とふたりを湯殿に追いやった。

澄乃がおあきを手伝うために立ち上がった。

「澄乃さん、こちらは大丈夫です。秋になって涼しくなりました。今宵は山口巴屋さんから届けられた鶏肉で野菜たっぷりの鍋にします。それに活《い》きのいい鯖《さば》を頂戴しましたで、こちらはお造りにします。というわけで、もうあらかた仕度はできております」

というおあきの言葉に澄乃が座り直した。

「四郎兵衛様、仕事の話をお聞きになるのは嫌でございましょうね」

と澄乃が小声で幹次郎に問うた。

「それで済むようならば吉原会所の頭取、楽であろうな。先代は、それがしが想像もつかぬほどの金子を吉原会所の運営に注ぎ込まれた。だが、八代目にはさような大金の持ち合わせはない。となると、日夜を惜《お》しんで探索《たんさく》しておる澄乃の報告を、後刻《ごこく》とか後日などと言えるわけもないわ。話してくだされ」

と神守幹次郎は四郎兵衛の体で告げた。

「本日、番方に願われて切見世の抱え主を調べました」

「おお、あの一件でしたか。たしか揚屋町の小見世壱楽楼の太吉が三軒ほど持っていると番方から聞きましたが、なんぞ新しいことが判明しましたか」

「はい。妓楼壱楽楼の主太吉さんは、三軒どころか西河岸に四軒、羅生門河岸に二軒、都合六軒の切見世の主にございました。女郎衆の一ト切百文のうち、四割を太吉さんが懐に入れ、女郎衆は六割六十文でして、直し代やらなにやらで昼見世夜見世で切見世六軒、一日で二分前後の実入りがあるようです」

「太吉の懐に二日で一両ですか、なかなかですな」

「元女衒にして、ただ今は蜘蛛道の湯屋の主の百太郎は、羅生門河岸に三軒、西河岸に一軒の切見世を持っておりますそうな。と申しますのも、百太郎が持つ切見世は明らかになっておりません。今のところ女郎衆からの証言はひとつも取れておりません」

澄乃の報告に幹次郎は頷いた。

「四郎兵衛様、このふたりの他に廓内の住人でない剣術家風の浪人者が、西河岸、羅生門河岸に二軒ずつ、切見世を所持しているそうな。どうやらこの浪人者は、毎日実入りを取り立てに来る使いと見られております。背後には、吉原とは無縁の岡場所《おかばしょ》の主などが控えているように見受けられます。この三人が今のところ抱え主として複数の切見世を握っております」

「三人で都合十数軒の切見世を押さえているということですな」

「未だ調べが行き届かない陰の切見世の持ち主がいるやもしれません」

と言うところに湯殿から、

「汀女先生と麻様が湯から上がられるそうです。澄乃さんと私に、湯に入るように言われました」

とのおあきの声がして、

「はい」

と澄乃が応じて四郎兵衛への報告は終わりを告げた。

湯殿から素顔のふたりの姉妹が囲炉裏端に姿を見せた。

「麻様、造りは黒介に取られないように板の間の涼しいところに金網を被《かぶ》せておいてございます」

とおあきが板の間の一角を指した。

「分かりました」

と湯上がりの麻が答えた。

「土鍋は鶏の骨で出汁《だし》を取ってございます。一度沸かしてございますで、囲炉裏の自在鉤《じざいかぎ》に鍋を移しましょうか」

「澄乃さんとおあきさんが湯から上がるのを待ちますよ」

「ならば、私どもに気兼ねなさらず鯖の造りで酒を呑み始めてくださいな」

と言い残して澄乃とおあきが湯殿に消えた。

柘榴の家の身内三人が囲炉裏端に座して、幹次郎が、

「姉様、麻、酒に燗をしようかな」

「私ども風呂上がり、常温の酒も宜しいかと思います」

と汀女が答え、立ち上がろうとするのを制した幹次郎が酒の仕度を始めた。

「幹どのに働かせて、私ども女ふたり罰《ばち》当たりです、姉上」

「偶に柘榴の家に戻ってこられた幹どのです。女衆四人からちやほやされるよりも酒や菜《さい》を出す程度に働くのも悪くありますまい。妹よ」

「それはそうですが、幹どのは四郎兵衛様として気遣いして会所で過ごしてこられたのです。宜しいのですか、あのように樽から徳利《とつくり》に酒を注《そそ》がれる姿は危なつかしゅうございます」

「麻、幹どのは体を使う神守幹次郎としての御用のあとなれば、あのような働きをしてもらうのは恐縮です。されど吉原会所の頭取、それも懐に金子をお持ちでない四郎兵衛様には柘榴の家で体を使う働きをされたほうが却《かえ》ってようございます」

と汀女が麻に言うところに幹次郎が二合徳利に酒を注ぎ五つの杯とともに戻ってきた。

「麻、すまぬが姉様に一献《いっこん》注いでくれぬか。それがしは鯖の造りを黒介に取られぬうちにこちらに運んでくるでな」

と幹次郎が台所の板の間をあちらこちらと動き回り、武骨《ぶこつ》ながら五人分の菜を囲炉裏端に置いた。

「幹どのは麻より上手ですよ、姉上」

「私ども、西国の大名家の下士、長屋育ちです。かようなことを覚えたのは吉原に職と住まいを得たあとのことです。幹どのにはかようなことが珍しくてしようがないのでしょう」

と汀女がそれでも危なっかしい幹次郎の動きを見ていたが、ようやく囲炉裏端に腰を落ち着けたのを見て安堵した。

「幹どの、ご苦労でした。麻の杯で先にお呑みくださいと麻が囲炉裏端の杯を幹次郎に渡した。

「いや、最前から喉が鳴ってな、酒が呑みたくて致し方なかったのだ。そなたの杯を頂戴しよう」

ときゅっと一気に呑み干し、満足げな笑みの顔を汀女と麻に向けた。

気兼ねのない身内だけの宴が始まった。

二

翌朝、すでに吉原会所の女裏同心嶋村澄乃の姿はなかった。

切見世の河岸道のどぶ浚えと新たな排水口の普請、さらには厠を増やす作業の最中、何者かが作業の妨害をなしていた。

澄乃が早々に柘榴の家から吉原へと戻った理由だった。

幹次郎はそのことに気づかなかった。母屋の寝所《しんじょ》で起きたとき、すでにそこには汀女と麻の姿もなかった。台所の板の間から女たちが茶を喫して談笑している気配が寝間に伝わってきた。

昨夜、久しぶりに柘榴の家に身内が揃い、鶏鍋と鯖の造りなどの菜で酒を酌み交わした。だが、その場で仕事の話が出ることはなかった。

八朔《はっさく》の催《もよお》しについて麻の薄墨時代の裏話などが披露《ひろう》されて、幹次郎は二万七百六十余坪の御免色里は狭いようで、

「奥の深い格別な遊里」

と思った。

なんと薄墨の花魁時代、薄墨を支える振袖新造《ふりそでしんぞう》、禿《かむろ》などの白無垢《しろむく》の衣装をすべて薄墨が誂《あつら》えていたそうな。

幹次郎は、吉原の夜桜、玉菊灯籠《たまきくどうろう》、俄《にわか》の三大催しや八朔には、すべて妓楼の主、三浦屋の四郎左衛門が衣装を誂えるのだと思っていた。だが、薄墨は、馴染の仕立屋に格別に注文をしていたという。さらには八朔が終わったあと、白無垢衣装は、密かに浅草溜の車善七方に男衆が持ち込んで、

「親方、こちら作業に使う雑巾《ぞうきん》にでもしてくだされ」

と渡していたという。

むろん紋日に一度だけ使われた白無垢が雑巾などに変わるわけはない。浅草溜では八朔に使われた白無垢とは分からぬように布地に戻して知り合いの古着屋で

売り、費えにしていたのだ。

そんな話をしながら一夜を過ごしたのだった。

幹次郎は、庭から障子《しょうじ》越しに差し込む仲秋《ちゅうしゅう》の光に五つ（午前八時）時分かと察して、女たちのいる囲炉裏端に向かった。

「幹どの、よう眠られましたか」

と汀女が訊き、幹次郎が答える前に、

「姉上の亭主どのは、猫の黒介も逃げ出すほどの大鼾《おおいびき》で熟睡しておられましたよ」

と麻が応じた。

「なに、黒介も近寄らぬほどの大鼾をかいておったか。さぞふたりの眠りを妨《さまた》げただろうな」

「いえいえ、私どもにとって、幹どのの大鼾は、清掻《すががき》の調べにございます」

と麻が笑みの顔で言った。

「大鼾が清掻な、似ても似つかぬふたつではないか。どうだ、姉様」

「はい。私は幹どのに手を取られて国許《くにもと》を逃げ出して以来、鼾を聞く夜など吉原に世話になるまで存じませんでした。ゆえに麻とは違った意味で、幹どのの鼾は、安堵の響きでしょうか」

「おお、こちらは安堵の響きか、ふたりしてなんとも優しいな」

と応じた幹次郎に汀女が茶を淹《い》れてくれた。

「うむ、澄乃はもはや吉原に出かけたか」

「とっくの昔に澄乃さんは裏同心の仕事にお戻りですよ」

「そうか、さような澄乃の行動も知らずに四郎兵衛は眠りこけていたとは罰当たりも甚《はなは》だしいな」

「それだけ四郎兵衛様の仕事が幹どのにとってきつい務めなのでしょう」

と麻が言い、

「そのことばかりは幹どのに一人二役、八代目頭取四郎兵衛様の務めに慣れてもらうしかございません。時折り、柘榴の家に戻ってこられて、私どもと夕餉《ゆうげ》をいっしょにして、安堵の響きを聞かせてくだされ」

と汀女も言った。

「日常のあれこれに拘泥《こうでい》することなく歳月《とき》を重ねて慣れていくしか策はないと番方の仙右衛門にも忠言されたわ」

と言った幹次郎は厠に行き、用を足したついでに顔を洗ってすっきりとした。

そのとき、朝の光が三竿《さんかん》から降っていることに気づいた。

「幹どの、手拭いを」

と麻に出された幹次郎は、

「麻、ただ今の刻限は五つ時分であろうな」

と顔を拭いながら質した。

「いえ、そろそろ東叡山《とうえいざん》から四つ（午前十時）の時鐘《ときのかね》が聞こえてきましょう」

「なんと四つ時分まで眠り呆《ほう》けていたか」

と幹次郎は愕然とした。

「そなたら、朝餉《あさげ》は」

「とっくの昔に食しました」

「なんとも不覚千万《ふかくせんばん》よのう。これでは四郎兵衛様の務めどころか手慣れたはずの裏同心の役目も果たせぬわ」

と呟いたところに時鐘が東叡山寛永寺《かんえいじ》から響いてきた。

「あれ、最前吉原に戻ったばかりの澄乃さんの声が」

幹次郎は麻の言葉に、新たな騒ぎが起こったかと思い、急ぎ囲炉裏端に戻った。

「お早うございます」

との澄乃の声音に騒ぎではないな、と幹次郎は安堵した。

「札差筆頭行司の伊勢亀様より文が四郎兵衛様宛てに届いておりました。文が届いたのは朝方でございますそうな」

と澄乃が差し出した。

「おお、伊勢亀でも四郎兵衛が吉原会所に寝泊まりしておるかと考えられたか」

と応じながら薄い文を受け取った。即座に封を披《ひら》くと、

「北八丁堀の品、本日六つ半の刻限に受領に参り候」

と短く用件のみが認められていた。

白河藩の抱屋敷に秘匿された千両箱を百個持ち出すには人目のある日中とはいかぬようで、松平邸では日没後の六つ半に十万両の持ち出しを決めたようだ。

「おお、ひとつ懸念が消えたか」

と思わず幹次郎が喜色《きしょく》を浮かべ、

「柘榴の家によき知らせが届きましたか」

と麻が笑みの顔で応じた。

「神守様、この一件にて私がなすべきことがございましょうか」

と澄乃が質した。

「夕暮れの六つ半時分にはだいぶ暇があるな。澄乃や、牡丹屋にて猪牙舟《ちょきぶね》を都合してそれがしを迎えに来てくれぬか」

と願うと澄乃が、

「こちらに来る折りに牡丹屋に立ち寄り、政吉船頭《まさきちせんどう》を指名して頼んでございます。帰りに刻限のみを伝えればようございますか」

ふっふっふふ
と幹次郎が苦笑いをして、

「吉原会所の頭分《かしらぶん》が呆《ぼ》けておると周りがしっかりとしてくるわ。澄乃、政吉どのに七つ半（午後五時）過ぎに竹屋《たけや》ノ渡し場から一丁（約百九メートル）ほど下った大川右岸、山之宿町《やまのしゆくまち》の河岸にて待っておると伝えてくれ」

「神守様、私が政吉船頭の猪牙舟を案内《あない》してきてはなりませぬか」

澄乃も伊勢亀からの文が金策に関わることだと推量していた。

「吉原会所裏同心ふたりして廓を空《あ》けることになるがよかろうかのう。番方に許しを得てくれぬか」

「車善七親方のところから二十数人の人足が切見世の手入れに新たに入ってくれました。ゆえに会所の手はそれなりに戻ってきました。番方はこちらに来る私に申されました。吉原会所の難儀を解消する伊勢亀の文とみた。神守様に、いやさ、四郎兵衛様に大仕事に専念なされ、と告げてくれぬかと」

「ほう、番方はこの文の中身を察したか」

「これで金策の目処がついたな、と漏らされましたゆえ、おそらく察しておられましょう」

と言い添えた。

仙右衛門も澄乃も四郎兵衛の金策の詳細は知らなかった。だが、四郎兵衛のこのところの心労が吉原会所に所蔵の金子がないことと承知していたから、どうやら金子を受け取ることを知らせる文だと推量したのだろう。

「澄乃、なにがあってもならぬ。そなたの手を借りよう」

「承知しました」

と応じた澄乃が今戸橋の船宿牡丹屋に立ち寄って吉原に今朝がたから二度も出入りしようという慌《あわ》ただしい動きで柘榴の家を出ていった。

「朝餉を食するくらいの時間はございましょう。ささ、しっかりと食べぬとしっかりした仕事はできませんぞ」

と汀女が盆を差し出した。

「柘榴の家で朝餉を食するのはそれがしが最後とは情けなや、主のそれがしがもっとしっかりとせんではな」

と言いながら豆腐の味噌汁の椀《わん》と箸《はし》を手に取った。

囲炉裏端で浅草並木町の料理茶屋に出向く汀女がすでに身仕度を整えていた。

「姉様、しばし待たれよ。それがしが送っていこう」

と幹次郎が汀女に願った。

「幹どの、通い慣れた道でございます」

「いや、切見世の一件でまたぞろ悪さを企てた輩がおるわ。番方も姉様のことを案じていたでな、本日は浅草寺《せんそうじ》に祈願のついでと申してはなんだが、澄乃の代わりに送っていこう」

と幹次郎が言うと朝餉を急いで食した。

「姉上、幹どの、私も同行してはなりませぬか。広小路《ひろこうじ》で買い物もしとうございます」

と麻が言い出し、

「ならば身内三人で繰り出しますか」

と汀女が幹次郎の申し出を受ける返事をした。

季節の小袖を着た幹次郎は、しばし迷った末に着流しの腰に豊後岡藩中川《なかがわ》家から脱藩した折りに腰に差していた刃渡り二尺七寸（約八十二センチ）の無銘《むめい》の大剣を選んだ。

「参ろうか」

飼犬の地蔵とおあきに見送られた三人は、寺町の柘榴の家を出た。

「三人で外歩きするなど久しくございませんでした」

麻が嬉しげな声を漏らした。

「江戸に戻って以来、何年もの歳月が過ぎたように思われる。われらが京より戻り、吉原会所の大門を潜ったのは五月五日、端午《たんご》の節句であったぞ。三月《みつき》と経っておらぬのになぜかように多忙かのう」

「それは容易うございます」

と麻が言った。

「なにが容易いな」

「多忙な理由は幹どのが吉原会所の八代目頭取に就かれたからです」

「おお、その話に立ち戻るか」

「はい。すべては幹どののせいで、私ども姉妹ものんびりした暮らしができませぬ」

と汀女が言った。

「うーむ、困ったのう。そなたらに迷惑をかける心算はさらさらなかったがな」

「幹どの」

「なんじゃ、麻。そなたもこの幹次郎に不満があるか」

「この麻は柘榴の家の暮らしに不平不満などあろうはずはございません。また姉上も言葉とは裏腹に存分にただ今の暮らしを楽しんでおられます」

「そなたらは楽しんでおるというに、それがしだけが、きりきり胃が痛むような気がするのはどういうことか」

「最前麻が曰くは容易いと申し上げました」

「おう、それがしが一人二役になったせいじゃな」

「はい。姉上も麻も幹どのが今少しのんびりとした暮らしに立ち戻られることを願っております」

幹次郎は無言で寺町の通りを歩いていたが、

「なんとか努めてみよう。まずひとつ、難儀が解決したでな」

「幹どの、吉原会所には所蔵の金子が考えていたより少のうございましたか。玉藻様は詳しいことは口にされませぬが、幹どのが八代目頭取になったことを案じておられました」

と汀女が言った。

「いくらあったか、有り金を聞いたのかな」

「まさか、玉藻様は会所の内情をよほどのことがないかぎり口にはなさいませぬ」

しばし幹次郎は間を置いて言った。

「姉様、麻、吉原会所の持ち金が三百五十七両二分一朱と百三十文と言うたら信じるか」

ふたりの足が止まり、幹次郎を見た。

「今ある額はすでにそれより少なくなっておる」

と前置きした幹次郎は身内のふたりに事情を告げた。

三人してゆったりとした歩きになった。無言は随身門《ずいじんもん》が見える辺りまで続いた。

「信じられませぬ」

と汀女が独語《どくご》した。

「これまで吉原会所の体面を先代四郎兵衛様は、身銭を使って保っておられたのだ。じゃが、四郎兵衛様はそれがしが八代目の頭取に就くことは願っておられたが、吉原会所の内証のことを告げる暇もなく、不意に身罷られたでな。かような仕儀になったと思われる」

三人は随身門の前に佇み、顔を見合わせた。

「幹どの、最前金策が成ったと申されましたな」

と汀女が問い、

「伊勢亀様の当代に相談なされましたか」

と麻が質した。

「麻の問いから答えよう。こたびの金策について伊勢亀の当代に相談したことはある、ただし別の願いだ。つまりこたびの金策の出所は違う。これ以上、金を融通した相手について問い質さんでくれぬか」

「幹どの、金策と申されましたが、金子を借りれば戻さねばなりませぬ。吉原会所が戻すことができる金子ですか」

幹次郎の願いを遮《さえぎ》って麻が質した。

「今の吉原会所ではいくら逆立《さかだ》ちしても返せぬな。だが、この金策、返さずともよき金子と言うたらふたりは信じてくれるか」

「幹どの、おいくら、返さずともよき金子を今宵受け取られます」

「姉様、麻、十万両だ」

女衆ふたりが驚きの顔で幹次郎を見た。

「豊後岡藩の下士、神守幹次郎が返さずともよき大金を私どもに秘して持っておられる。その金子を吉原会所のために費消されますか」

「先代は代々の引手茶屋の上がりの蓄財を使われた。それがしは、出所の知れぬ、しかし心配の要らぬ金子にて吉原会所の立て直しを図《はか》る心算じゃと理解してくれぬか。どうだ、それがしが申すこと信じぬか」

「幹どの、信じます」

と汀女が言い切った。

そのとき、幹次郎はなんとなくだが、汀女は金子の出所を察したように思えた。だが、その相手にさような大金があるとは考えられないので、半信半疑の表情を見せていた。

麻は幹次郎の手を取り、無言で頷いた。

「ならば、金龍山《きんりゆうざん》浅草寺のご本尊、聖観世音菩薩《しようかんぜおんぼさつ》様に今宵の金子の受け取りがなにごともなく終わることを祈願していこうか」

女ふたりが幹次郎の言葉に頷いた。

三人はいつもよりも長く本堂に向かって合掌《がっしょう》して頭を下げ続けた。

「さあて、日常に戻ろうか。姉様を料理茶屋まで送っていこう。帰りに麻、そなたの買い物に付き合おうぞ」

「幹どの、もはや私の買い物は忘れてくだされ」

「どうしたな」

「幹どのの買い物に比べてあまりにも細《こま》やかな品にございます」

「それがし、買い物などしておらぬぞ」

「いえ、十万両で官許の吉原を差配する吉原会所の八代目頭取職を買い上げられました。幹どの、これほどの買い物をなさるお方は、薄墨のころの馴染のお客様にもおられますまい。姉上、どう思われますか」

「麻の申す通りです。

幹どの、些細《ささい》なことにはこだわることなく、神守幹次郎の生き方を貫《つらぬ》きなされ。それが八代目頭取、新たなる四郎兵衛を作り上げます」

と汀女が言い切った。

三人は浅草広小路を横切り、浅草並木町の料理茶屋山口巴屋の門前近くまで来た。

「おお、本日は幹やんと麻様が姉様を送ってきたか」

と門前を流れる溝に足を浸けた甚吉が大声を上げた。

「甚吉、疏水《そすい》の掃除か」

「違うちがう。最前な、手にしていた小銭一文を流れに落としたのだ。それがな、なかなか見つからんで困っておる。幹やん、目のよいところで捜《さが》してくれぬか」

「なに、一文な。それは大事じゃぞ、よく捜せ。こちらの疏水は清らかな水じゃ、よく見えよう。切見世のどぶ板道とは大いに違うわ」

「切見世のどぶとうちの疏水の流れといっしょになるものか」

と応じた甚吉が腰を屈《かが》めて這《は》いつくばって一文銭をふたたび捜し始めた。

「姉上、最前の話が虚言に思えます」

「麻、十万両も一文欠けると十万両とは呼べますまい」

と言った汀女が、

「甚吉さん、しっかりと捜しなされ」

と命じて三人は石橋を渡った。

三

幹次郎と麻は、四半刻ほど料理茶屋で時を過ごし、柘榴の家に戻ることにした。

広小路まで来たとき、

「麻、そなた、買い物をするのではなかったか」

「最前申しましたようにやめました」

「十万両のせいか」

「いえ、違いまする。些細なものです」

「どこに行けば売っておるな」

幹次郎が執拗に質した。

買い物をすることは老若男女《ろうにゃくなんにょ》に拘わらず、楽しみのひとつだ。麻が欲しいと考えたものを素直に買わせたかったのだ。

幹次郎の問いにしばし迷った体の麻が、

「お笑いにならないでください」

と願った。

「女衆の買い物じゃな」

「いえ、平安《へいあん》のころからあった習わしで男衆もなしたそうな」

「なんであろう」

幹次郎が浅草寺の山門《さんもん》、大提灯《おおぢょうちん》の前で小首を傾《かし》げた。

「仲見世《なかみせ》の小間物屋に新しいかねが売り出されたそうな」

「かねとな、鉄漿《しょう》ではあるまいな」

「そのお鉄漿です、歯黒です」

「なんと麻の白い歯を鉄漿《おはぐろ》に染めるというか」

鉄漿は鉄片を濃い茶の中に入れて粥《かゆ》や酒などを加えて酸化させた液体のことだ。たしかに上代《じょうだい》から高貴な婦人方の間に伝わる風習であった。また男も鉄漿にするのは虫歯を予防する目的といわれた。

「麻、まさか」

と幹次郎が義妹の加門麻を見た。

「まさかとはなんでございますな」

「そなた、懐妊《かいにん》したのか」

幹次郎は平静を装い、小声で問うた。

懐妊が鉄漿をなすきっかけと幹次郎は聞いたことがあった。

しばし沈黙していた麻がこちらも小声で囁《ささや》いた。

「幹どのの子を生《な》したと申されますか、それならば嬉しき話です。きっと姉上も喜ばれましょう」

と麻が言い切った。

「となると、なぜ鉄漿など思いついたな」

「出来心です」

御免色里吉原の頂点を極めた薄墨太夫は幹次郎が知るかぎり鉄漿に染めたことはなく、

「薄墨の　白き歯ならび　永久《とわ》の映え」

と読売《よみうり》に書かれたこともあった。

「なぜ出来心でさようなことを考えたか」

「幹どの、きっと柘榴の家に赤子がいればと、それも己の子がいればと考えたゆえ最前の問いをされたのですね。幹どのは鉄漿が嫌いですか」

うーむ、と唸った幹次郎は、

「麻の鉄漿は考えられぬ。それがし、なによりも加門麻の白き歯が好きじゃ」

と正直な気持ちを漏らした。

「出来心と申しましたよ。麻は終生、鉄漿とは無縁に過ごして生きていきます。汀女姉上のように」

「そう、姉様のように白き歯が清らかな麻に似合《にお》うておるわ」

ほっとした幹次郎は山門を潜ろうと視線を仲見世に向けた。

「幹どの、お知り合いがこちらを見ておられますよ」

麻の声がして幹次郎が振り返ると南町奉行所定町廻《じようまちまわ》り同心桑平市松《くわひらいちまつ》が御用聞きや小者を従えてこちらを見ていた。

幹次郎が会釈《えしやく》をすると桑平が御用聞きたちになにごとか告げて、独り幹次郎と麻のもとへとやってきた。

「白昼、おふたり連れとは珍しゅうございますな」

「桑平様、姉様を並木町まで送っていったところです」

「おお、さようでしたか。近ごろ廓内からあれこれと噂が聞こえてきますでな、廓の外で長閑《のどか》な風情《ふぜい》のおふたりに会うのは嬉しいかぎりです」

と信頼し合う友が言った。

「いや、番方にも姉様にも麻にも、急に吉原会所の頭取が出来上がるわけではなし、少しのんびりとせよと忠言を受けてな、昨夜より柘榴の家に戻って、時を過ごさせてもろうておる」

「それはなによりのこと。どうですな、麻様さえよければ、わが行きつけの茶店で一服しませぬか」

と桑平同心が幹次郎の腰を見た。

四郎兵衛の折りには煙草吸いでもないのに大きな煙草入れが腰に下がり、長須《ながす》磨形雲龍彫《まがたうんりゅうぼり》の長煙管一尺一寸（約三十三センチ）が革鞘に納《おさ》まっていた。四郎兵衛の防具の役目を長煙管が負っているのだ。

桑平同心はそれをちらりと確かめたのだった。

「それがし、煙草は嗜《たしな》みませんでな」

と応じた幹次郎は麻を見た。

「おふたりが浅草寺境内《けいだい》の茶店でしばしばお会いなさるとお聞きしました。ぜひ麻も迷惑でなければお連れくださいまし」

と麻が桑平に願った。

頷いた桑平同心がぼそりと、

「加門麻様を見た仲見世の面々が腰を抜かさぬか」

と漏らした。

本来、浅草寺境内は町奉行所の差配地ではない。当然寺社《じしゃ》奉行の縄張りだ。だが、常に大勢の参詣《さんけい》の信徒や遊び客が集まる境内を寺社奉行の役人衆だけで警固はできかねた。そこで町奉行の同心も寺社奉行の助勢をなした。ゆえに浅草寺境内も桑平同心の「縄張り」といえた。

「桑平の旦那、えれえご両人を従えておられますな」

仲見世名物のきびだんご屋の番頭《ばんとう》が桑平に声をかけた。

「おお、ご両人がそれがしに従っておるのではないわ。南町定町廻り同心はただの先導役よ。下にしたたに、と叫びたくなるな」

桑平の言葉を聞いていた仲見世の商人衆が笑った。そんなひとりが、

「吉原会所八代目頭取が誕生したってねえ。それもこれまで私どもが裏同心神守幹次郎様と承知のお方が八代目を継ぎなさったそうな。本日は、また裏同心にお戻りですか」

と幹次郎の一文字笠と、着流しの腰に一本差しにした大刀を見た。

「なんと神守様の形で薄墨太夫と南町の定町廻り同心の三人組ときたよ。えれえことだぜ」

仲見世の仏具屋の主も驚きの顔で言った。

幹次郎は最前も仲見世を本堂から山門へと歩いたはずだが、とちらりと考えた。

(ああ、そうか、姉様と三人連れの折りは本堂から路地道を抜けて広小路に出たな)

と思い出した。

「いささか慣れぬ会所頭取役の仕事に疲れましたで、本日は南町の桑平同心に付き添う裏同心にござる。こんごとも一人二役宜しゅう頼む」

と頭を下げた幹次郎と加門麻を桑平同心が境内の一角の茶店に連れていった。

小さな池の端の茶店の女衆が、

「あら、桑平の旦那、本日はいささか早くない」

と声をかけ、加門麻を見て、

「あっ」

と言葉を詰まらせた。

「そのほう、それがしとて、女連れで茶店を訪れるのは珍しくあるまい」

「はい、珍しくございません。ただし、吉原会所の澄乃さんたちは、野暮《やぼ》な御用絡みの訪《おとな》いです。こたびは、なんとなんと、天下の薄墨太夫様をお連れとは。

桑平の旦那を見直しました」

「もはや薄墨太夫ではないぞ、加門麻様じゃ。そなたが承知の神守幹次郎どのの義妹じゃぞ」

「はい、加門麻様、ようもうちにお訪ねくださいました」

茶店の女衆も麻の到来に魂消ていたが、さすがに商売人だ。他の客から離れた花茣蓙《はなござ》を敷いた縁台に三人を案内した。

麻も女衆に会釈を返した。

「麻、こちらの茶店の甘味《かんみ》はどれも美味じゃぞ」

幹次郎が麻に言った。

「本日は、なにを頂戴すれば宜しゅうございましょう」

と麻が茶店の女衆に尋ねた。

「時節外れではございますが、搗《つ》き立ての餅が入った汁粉《しるこ》が女衆のお客様には大人気でございます」

「ならば、お汁粉をいただきとうございます」

と麻が決めて縁台に腰を下ろした。

男ふたりには言わずとも即座に茶が供された。

「麻様を前に仕事話は野暮の極みだが、四郎兵衛様は金策に駆け回っておられるとか。その都合はついたか」

「さすがに早耳ですな。いかにも新米頭取の最初の仕事は金策でしてな」

「吉原会所ともなるとわれらの考える高《たか》を超えていよう」

「いかにもさよう」

「平然としておるな。待てよ、旦那は札差筆頭伊勢亀の後見であったな。伊勢亀の当代に借金をなしたか」

桑平同心も神守幹次郎と伊勢亀の間柄を考えて、そう推量した。

幹次郎が無言で首を横に振った。

「桑平様、それがどうやら違うそうな。わが義兄は私どもの知らぬどなた様からかなんとも多額な借り入れをなしたそうです」

と麻が応じた。

「ほう、四郎兵衛の役に就いたのはつい最近、となると神守幹次郎の知り合いにさような分限者がいたか」

と桑平が首を捻った。

「桑平どの、考えても無駄じゃ」

佐伯通信
2022年10月（令和4）
第61号
発行
佐伯泰英事務所
担当／光文社

にわか理容師の散髪

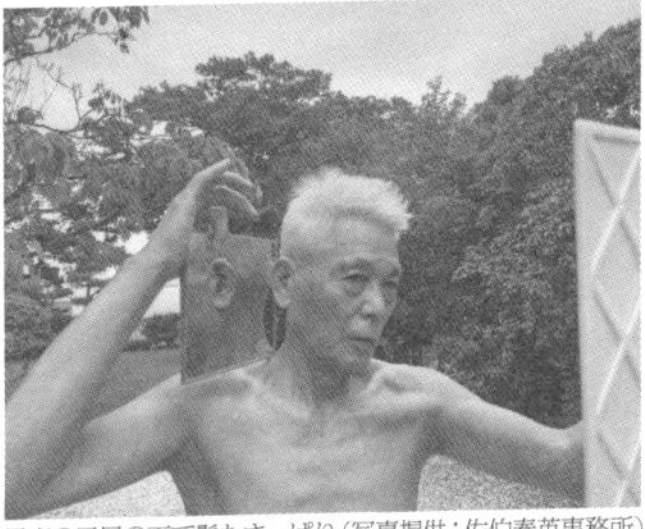

最高の風景の下で髪もさっぱり（写真提供：佐伯泰英事務所）

第七波の流行で行きつけの理容店に行くのを止めた。コロナ禍、高温多湿の天候、馴染みの理容師K君にカットされるのは気持ちがすっきりして大好きだ。だが、一時間もK君と私は顔を近接させてこちらはマスクなしだ。不安は私よりK君だろう。正直な気持を訴えると「しばらくお休みしますか」ということになった。

とはいえ髪は伸びる。うちにはコロナウイルスが流行り始めたころ、買った電気バリカンがある。娘が百円ショップで新たに櫛、ハサミなどを買ってきた。

「えっ、本職のK君はハサミを何本も使い分けているぞ」と私。一番高いハサミは何十万もすると聞いていた。娘床屋に安物の櫛とハサミに電気バリカンを使い、お風呂に入る前、庭でカットしてもらうことになった。職人仕事は道具よりもキャリアを積んでの技量が売りですよね。

庭越しに相模灘を見なが

らの散髪。はい、最高なのは景色だけ、最低なのは貧弱な上半身裸の私。それでもぼうぼうに伸びた頭髪がさっぱりすればと、娘のネットでのにわか勉強の技に期待した。とは申せ、百円ショップの道具に素人技、どだい無理ですよね。でも温泉に浸かって、「おお、さっぱりしたさっぱりした」と己を得心させた。私の頭髪よりもなによりもコロナ禍の先行きが見えないのが不安だ。

「佐伯通信」第62号は1月上旬刊行予定の『空也十番勝負9　荒ぶるや』（文春文庫）に入ります。

これぞ「シリーズもの」の醍醐味！

㈱光文社　文庫編集部
「吉原裏同心」「夏目影二郎始末旅」担当　小口　稔

みなさま、『吉原裏同心38　一人二役』をお読みいただきありがとうございます。シリーズ名を「吉原裏同心」に統一しての3作目。これまで裏同心として活躍してきた神守幹次郎ですが、八代目・四郎兵衛としての仕事も始まり、まさに「一人二役」。従来の裏同心としての仕事はもちろん、吉原の立て直しにも奔走しなくてはならず、忙しさも苦労も倍増。その奮闘はこれからも目が離せません！

4月から刊行中の「吉原裏同心　決定版」もいかがでしょうか。あらためて読んでも、やっぱりおもしろい！　来年の今頃には「決定版」と新刊が合流することになりますが、ぜひその時の帯の背にも注目してください。（出版社からのお知らせでもちょっと触れています→）。

文春文庫から刊行されていました「酔いどれ小籐次」シリーズが完結しましたね。まさに大団円、という言葉はこのためにあるものでしょう。長く読んできた作品の完結ほど感慨深いものはありませんし、これもまたシリーズものを読む醍醐味の一つかもしれません。いつか「吉原裏同心」もその日を迎えるとは思いますが、それまでこちらも一巻一巻を慈しむように読んでいただければと思います。

コロナ禍も長引き、ウクライナ情勢も混沌として不穏な世の中ですが、せめて小説の中では浮世を忘れて、江戸の世界へと旅に出ていただければと思います。きっと明日への生きる糧になるはずです。

2022年の「佐伯通信」は、佐伯泰英事務所が㈱文藝春秋、㈱光文社の協力のもと発行します。

佐伯泰英／近刊のお知らせ

1月 初旬

《文春文庫》
空也十番勝負 9
『荒ぶるや』
「佐伯通信」第62号が入ります。（初版の初回出荷分にのみ挟み込み）

3月 14日

《光文社文庫》
吉原裏同心 39
『巡礼行』（仮）

5月 初旬

《文春文庫》
空也十番勝負 10 完結
『大台ヶ原』（仮）

※発売日は予定です。

《光文社文庫》
吉原裏同心【決定版】

11月14日	⑮愛憎	⑯仇討《あだうち》
12月13日	⑰夜桜	⑱無宿
1月12日	⑲未決	⑳髪結

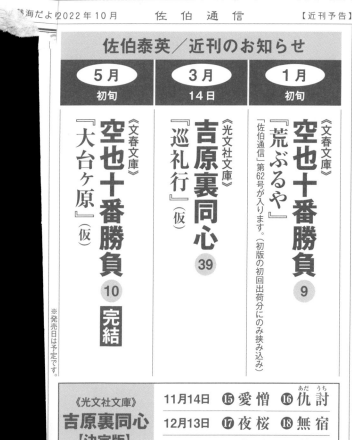

「そうか、一介の町奉行所同心風情には察しがつかぬか。麻様が多額と申されたが、このご時世、吉原も客の入りが悪いと聞いておる。返済まで考えて借金したのであろうな」

「申される通り、ただ今の吉原会所では返済など無理ですな」

との幹次郎の返答を聞いた桑平が、

「おお、思い当たったわ。三島屋三左衛門なる海賊から得た大金のことをな。松平定信様がお持ちの二十数万両から、四郎兵衛様は半分ほどもふんだくってこられたか」

と言い切った。

海賊騒ぎには桑平市松も身代《みが》わりの左吉《さきち》も絡んでいて、ふたりして重々承知していた。

「はい、それしか思いつきませんでな」

「松平の殿様、快《こころよ》くそなたに、いや、四郎兵衛様に下げ渡されたか」

「先の老中首座は八代将軍吉宗《よしむね》公のお孫様、金銭に恬淡《てんたん》としておられますな。過日、『予の幕政改革は頓座致した』と言われたあと、『なんとしても吉原の改革は成功させせよ。金子はある、覚えておけ、四郎兵衛』と言い添えられた言葉をそれがし、思い出し縋《すが》りました」

「そうか、白河藩のお殿様、あの程度の金子、なんとも思うておられぬか。それより吉原の改革をやり遂げよと申されたか。うーむ、となると、八代目四郎兵衛様としては、なんとしても吉原の立て直しを成功させねばならぬな」

「ということだ」

「金子、受け取ったか」

「今宵の六つ半の刻限に、札差筆頭の伊勢亀の使いに渡すよう、そなたも承知の富樫佐之助忠恒様に願ってある」

「さようか、あの金子が吉原会所に渡るか」

官許の吉原を乗っ取ろうとした三島屋三左衛門は、抜け荷などで得た金子を江戸の内海《うちうみ》の隠れ湊に隠し持っていたのだ。

あの折りは、老中首座の松平定信が幕政改革に使うとふたりして推量していた。だが、突然解任されたことで不労所得の二十六万余両が宙に浮いたのだ。

「いや、差し当たって吉原には千両箱十個も運べば、当座の払いには事足りよう。残りは、伊勢亀の当代に運用を願っておる」

「神守幹次郎、やはりそなたはただ者ではないな。それがしなど、あの金子を見ただけで恐れおののいたわ。あの金子を使い切るのは八代目四郎兵衛こと神守幹次郎しかおらぬな」

と桑平が言い切った。

そこへ麻の汁粉と抹茶《まっちゃ》が運ばれてきた。

「まあ、なんとも美味《おい》しそうです」

汁粉を見て麻が微笑《ほほえ》んだ。

「麻様、ごゆっくりお召し上がりください」

と女衆が去ったあと、麻が汁粉の器を手にして、

「麻は何万両もの金子より一杯の汁粉を選びます。松平の殿様からの贈り物の金子、義兄上《あにうえ》、上手にお使いくだされ」

と願った。

「そう致そうか」

と幹次郎は煎茶を静かに喫し、

「それもこれも麻を通して先代の伊勢亀半右衛門様とそれがしが知り合うたことが、こたびの金策に大いに役立ったとは思わぬか」

「おお、となると今宵の金策の立役者は加門麻様ではないか」

「桑平様、私ではございませぬ」

慌てて麻が否定した。

「では、この御仁かな」

「いえ、やはり身罷られたあと、私を落籍《ひか》された伊勢亀のご隠居様のお力かと思います」

「麻の申す通り、ご隠居のお指図《さしず》がなければこの金策はなかったな」

「ご両人、それがしは伊勢亀のご隠居は直に知らぬ。じゃが、さような人物が信頼した一介の吉原会所の陰の人、神守幹次郎の人物の大きさと人柄がなければ、われら三人、かように浅草寺の一角の茶屋で長閑に茶を喫したり、汁粉を賞味したりすることはあり得んぞ」

「桑平様、仰る通り、義兄上がこの世に存在しなければ、麻も姉上にも、そして桑平様にもお会いすることはございませんでした。伊勢亀のご隠居様の見識に見事応えた義兄上の人柄はなにものにも代え難く思います」

「いかにもいかにも」

と麻と桑平が言い切った。

「なにやら持ち上げられ過ぎたわ。なんとしても吉原の改革を成し遂げるには、眼前の御両人の助勢が要る。今後とも宜しくお付き合い願う」

と最後に幹次郎が頭を下げて浅草寺の一角にある茶店での集いが終わった。

「美味しいお汁粉と抹茶でございました、桑平様」

と麻がいつ用意していたか懐紙に包んだ茶代を汁粉の盆の上に置いた。なにか言いかけた桑平に、

「桑平様、義兄上は十万両の金子の使い道に苦労なされましょう。これほど美味しい汁粉と抹茶のお代くらい麻に払わせてください」

と願った。

「まさか加門麻様に馳走《ちそう》になるとはな、それがしが身罷る折り、倅《せがれ》たちに、『父は天下の加門麻様に汁粉代を払わせた』と自慢できますな」

「ご子息《しそく》のこと、澄乃《い》さんよりお聞きしています。この次はご子息をお連れになって柘榴の家にお出でください」

と麻が願い、幹次郎まで、

「桑平どの、われら、容易く身罷るわけにはいきませぬ。吉原が繁華《はんか》を取り戻した折りには、昔話に借財の話をしましょうかな」

と言い添えた。

「ともあれ、この茶店に南町奉行を伴《ともな》ったとて、かほどの歓迎はありませんな。加門麻様をお誘いしたほうが、茶店の女衆の受けが断然宜しい。この次は汀女先生と麻様、おふたりをお誘い致しますぞ」

と恐縮の体で桑平が言った。

柘榴の家に戻る道すがら、

「幹どのは麻の命の恩人でございます。いえ、幹どののお人柄で桑平様のようなお方と知り合いになれた麻は幸せです」

「おお、桑平どののような町奉行所同心は知らぬ。あのお方と知り合ってそれがしも得難く思うておる。そうだ、麻、桑平どのに足りぬものがある、分かるか」

「はい。ご新造様が身罷られたことですね」

「そろそろ後添《のちぞ》いをと勧《すす》める与力同心が八丁堀でおられると聞くが、桑平どのは息子ふたりを気にしてか見向きもされぬそうだ。だれぞ心当たりはないか」

「心当たりでございますか。かようなことは無理に話を進めてもなりませぬ。自然な成り行きで不意に決まるもの、あるいはすでに桑平様の意中にどなたかおられるやもしれません」

「そうか、さような方がおられるかもしれぬか」

と幹次郎が応じたとき、柘榴の家の門前にふたりは戻っていた。すると中に地蔵を抱きかかえた見番の小吉親方の姿があった。

「おお、小吉親方、お待たせ申したか」

「いえ、神守の旦那、おれは四郎兵衛様に会いに参ったんですがね、約定もしていませんや。邪魔ではございませぬかな」

と麻のことを気にした。

「われらは知らぬ仲ではあるまい。本日は、あれこれと人と会う日のようだ」

と幹次郎が言い、初めて訪れた小吉を柘榴の家に招《しょう》じ上げた。

四

七つ半の刻限、澄乃が神守幹次郎を柘榴の家に迎えに来て、ふたりは浅草山之宿町の大川河岸地に舫《もや》われた、苫屋根に覆われた猪牙舟に乗り込んだ。

苫屋根《とま》というにはえらく安直な造りの猪牙舟の主船頭は船宿牡丹屋の政吉で、助船頭に孫の磯次《いそじ》が従っていた。

「久しぶりだな、爺ちゃん。吉原会所の裏同心ふたりが顔を揃えたぞ」

「おお、ここのところ神守様は多忙ゆえわしらに顔を見せることはなかったな」

「その代わり、爺ちゃんは八代目頭取四郎兵衛様と付き合いがあったろうが」

「そこよ、わしは四郎兵衛様より神守様のほうが気楽に付き合えるがのう」

と孫の磯次と政吉がふたりの裏同心を乗せながら猪牙舟の艫《とも》と舳先《へさき》で問答を交わした。

大川の河岸道には苫屋根を設けた猪牙舟の他は荷船も釣り人もいなかった。

「やはり四郎兵衛様の形ですと政吉さんも磯次さんも緊張するの」

と澄乃が笑みを浮かべた顔でふたりに問うた。

「澄乃姉ちゃんよ、緊張じゃねえよ。なんとなく戸惑いが爺ちゃんにもおれにもあるのよ」

と磯次が答えて、政吉が、

「磯、舫いを解け」

と命じた。

杭《くい》に舫われた麻綱が磯次の手で外されて、苫屋根の猪牙舟が大川右岸の河岸から離れた。

「それがしとて、神守幹次郎でいるほうがどれだけ気楽かのう」

「未だ四郎兵衛様のお役に慣れませんかえ」

「それそれ、四郎兵衛様の役に慣れませんかえなどと政吉船頭に喝破《かっぱ》されているのがそもそも間違いよ。八代目四郎兵衛に自然になり切らぬとな。下手な役者が二役を務めているようでな、落ち着かぬな」

と幹次郎が悔《く》いの言葉を漏らした。

「神守幹次郎でいるほうがどれだけ気楽かなどとおれたちに言っている間はな、一人二役はダメか」

「磯次、ダメじゃやな。なんぞコツはないものか」

と幹次郎が政吉船頭の孫に尋ねた。

磯次はこのところ吉原会所の手伝いをして、吉原会所に勤めたく思った時期があった。事実、その折り、磯次は、いわば会所の若い衆の真似ごとと助船頭の二役をこなしていたのだ。

「八代目頭取四郎兵衛様は、これから神守幹次郎様とともに歩くことになるよな、神守様よ、おれが思うには四郎兵衛様の歳月《とき》を重ねるしか手はねえよ。容易く四郎兵衛様になり切るコツなどあるもんか」

と磯次までが四郎兵衛になり切るには歳月を重ねるしかないと言った。

「だがよ、四郎兵衛様の折りは、周りのおれたちが八代目頭取と信じ込んで付き合ってやるからよ、気にしないことだ」

十五歳の磯次に言われて猪牙舟の大人三人が苦笑いした。

「磯次様、お願い申す」

と幹次郎が頭を下げ、磯次が胸を張った。

いつしか吾妻橋《あづまばし》を潜って苫屋根の猪牙舟は大川の本流に出て、流れにゆったりと乗って河口に向かっていた。これが老練《ろうれん》な政吉船頭の腕前だった。

「神守の旦那よ、本日の仕事はなんだえ」

助船頭の磯次が余計な口出しまでしたが、祖父の政吉はそのことを咎《とが》め立てしなかった。四郎兵衛の役目に苦労している神守幹次郎のことを承知していて、磯次のように小生意気な問答が幹次郎の気持ちを解《ほぐ》していると察していたからだ。

「磯次様、本日の務めはそれがしや澄乃姉さんが出るようだと厄介でしてな、われらふたり、苫屋根の下から見張っているだけにございますよ」

「ほうほう、楽仕事か。ところでなにを見張るというのだ、神守の旦那」

「へえへえ、千両箱を百個、船に積み込んで札差筆頭伊勢亀のお店まで運ぶのを見張るだけの楽仕事ですよ」

「ほうほう、大きく出たな。千両箱を百個だと何両になるな」

計算は不得意らしく幹次郎に磯次が質した。

「へえ、磯次様、十万両か、浅草寺の祭礼でも使い切れないな」

「十万両にございます」

「磯次様も使い切れませんかな」

などと馬鹿話をしていると政吉船頭の流れに乗せた櫓《ろ》捌きで内海の波とぶつかる大川河口が見えてきた。

「磯、内海だぞ、しっかり見張れ」

「へえ、爺ちゃん、どこへ猪牙を着けるのだ」

「磯、そいつは主船頭の爺様の仕事だ。半人前のおめえは荷船や乗合船と衝突しないように棹《さお》捌きに専念しろ」

と老練な政吉に言われて舳先に竹棹を握って磯次が立った。

澄乃は本日の訪ね先を主船頭の政吉だけに告げてあった。

苫屋根の猪牙舟が築地川《つきじがわ》に入り、川の途中から南に折れて堀留《ほりどめ》に入ったとき、

「なんだ、老中様の抱屋敷か」

と漏らした磯次に、

めた。
「へえ、主船頭」
と畏まった磯次をよそに政吉が苫船を武家地と芝口《しばぐち》新町《しんまち》の町家の境の堀端に泊
れないと政吉が告げていた。
と厳しい叱責《しっせき》が祖父の政吉から告げられた。言外にもはや冗談めいた話は許さ
「磯、おめえの仕事は猪牙だというのを忘れるな」

刻限は六つ半だ。
伊勢亀の荷船は未だ白河藩抱屋敷の船着場に姿を見せていなかった。
苫屋根の下から抱屋敷の船着場を見張る作業が始まった。
千両箱が百個の重さを独り澄乃は暗算していた。
千両箱は小判千枚と箱の風袋《ふうたい》合わせておよそ五貫目《かんめ》（約十八・八キロ）だ。そ
れが百個だとおよそ五百貫（千八百八十キロ）となる。この重さを一艘《そう》の荷船に
積めるものか、と思案したが澄乃には判断がつかなかった。だが、天下の札差筆
頭の伊勢亀だ。一艘で積めなければ二艘の船を用意するだろう。
苫屋根が葺《ふ》かれた猪牙舟では無言が続いた。
不意に白河藩の抱屋敷の門が開かれ、衣装でも入れておきそうな女物の長持《ながもち》が

四つ、中間衆に担《かつ》がれて船着場に下ろされた。

「考えましたな」

と幹次郎が呟いた。

「神守様、千両箱百個分の小判を、四つの長持の衣装の間に詰め込みましたか、千両箱の重さ分の一貫五百匁《もんめ》（約五・六キロ）がそれぞれ減じますとだいぶ重さは減りました」

千両箱を百個減らし、四つの長持に分けて入れるとは、松平家にも知恵者がいると澄乃は思った。側室の住まい、抱屋敷から衣装用の長持が出されるのは、格別不思議ではあるまい。

朱塗《しゆぬり》の長持が船着場に下ろされたと同時に近くに待機《たいき》していた伊勢亀の船が、すっ、と姿を見せた。

松平家の重臣富樫佐之助忠恒と伊勢亀の手代孟次郎と春蔵との間に十万両を運ぶために幾たびも打ち合わせがあったのではと思うほど、なんの遅滞《ちたい》もない作業だった。

澄乃は昨日富樫に会った折り、

「四郎兵衛どのに告げてくれぬか。本藩の江戸藩邸には突然金蔵に舞い込んだ大金を気にかけておる家臣がおるでな、そちらも注意してくれとな」

と告げられた。

この言葉は四郎兵衛に伝えられ、吉原会所の裏同心ふたりの出馬になったのだ。

女物の長持四つが二艘の船に次々に載せられ、呉服屋の手代風の形の男衆が、

「お香様にお伝えくださいまし。四季折々の召し物、手入れをなしてできるだけ早くお戻し致しますと」

「相分かった。大事な衣装である、差し障りのなきよう持ち帰れ」

と松平家の重臣富樫佐之助が応じて、呉服屋の船、その実、札差筆頭の伊勢亀の持ち船が船着場を離れた。

松平家の抱屋敷の表門が閉じられ、重臣の富樫らの姿が消えた。

その模様を猪牙舟から見ていた政吉と磯次が無言で動き出した。さすがの磯次も長持四つが船二艘に載せられる様子を見て、

「十万両話は真だ」

と思い知らされた。

すでに宵闇《とも》が訪れていた。

灯りを点した伊勢亀の船は、堀留を出ると築地川から江戸の内海には向かわず、

汐留橋《しおどめばし》を潜ったところで三十間堀《さんじっけんぼり》へと曲がった。

不意に築地川から無灯火の二丁櫓の早船が伊勢亀の船を追って三十間堀へと突っ込んでいった。その船には船頭のふたりの他にひとりの武家と三人ほどの黒《くろ》装束《しょうぞく》の者たちが乗っていた。

その船を見た政吉が苫で屋根を葺いた猪牙舟をすかさず三十間堀に向けた。

「神守様、あの早船ですが、吉原から情報《はなし》が漏れたというわけではありませんよね」

と澄乃が幹次郎に質した。

「いや、そうではあるまい。白河藩の江戸藩邸の内部にも突然舞い込んだ大金に目を眩《くら》まされた家臣がおると、そなたに申された富樫どのの忠言に関わりがあるとみた。伊勢亀の船に積まれた長持に大金が入っていると察した家臣らの行動ではないか」

との幹次郎の言葉に澄乃が頷いた。

「となると長持を運ぶ伊勢亀の船が襲われるとしたら、この界隈ではないか」

「とは申せ、先の老中首座松平家の家臣がたが長持を襲ったとなれば、万が一、世間に知れた場合、白河藩にとって厄介極まりない出来事ではございませんか」

と澄乃が懸念した。

「騒ぎが世間に知られてはならぬ。われらは襲撃を止めればよいのだ」

幹次郎の言葉に澄乃が、

「磯次さん、もはやこの苫屋根は要らないわ。どうにかならない」

「爺ちゃんとおれが拵《こしら》えたざっかけない苫屋根よ、堀に転がしていいか」

「ひと騒ぎある折りに苫屋根は邪魔よねえ」

「合点承知の助だ」

と応じた磯次と澄乃が楓川《もみじがわ》の越中橋《えっちゅうばし》を過ぎた辺りの堀に苫屋根を放り込んだ。

幹次郎は舳先に座して六人ほどが乗る二丁櫓の動きを見つめた。白河藩の抱屋敷に秘蔵された金子の一部を主の命で移すというのに、それを阻止しようとは、いくら親藩《しんぱん》といえども大胆極まりない。

「神守様、町奉行所の与力同心が群れをなして住まいする八丁堀の近くで、役人に見咎められたらどう言い訳する心算でしょうか」

「自藩の小騒ぎである。町方《まちかた》役人が口出しすべきことではないと高飛車《たかびしゃ》に言い放つか。老中首座であった親藩の家来衆のなさることは判断がつかぬな」

と幹次郎が澄乃に応じたとき、

「おふたりさんよ、二丁櫓が一気に動き出したぞ」

と政吉が言い、

「ならば政吉どの、磯次、二丁櫓の前に猪牙舟を突っ込まれよ」

と命じた。

「心得た」

二丁櫓の船を追った政吉と磯次の猪牙舟が、追い抜きざまに伊勢亀の長持船と二丁櫓の早船の間に突っ込こもうと、まず横に並んだ。

その瞬間、澄乃は苫屋根がなくなった猪牙舟に片膝をついて帯の間に巻き込んである麻縄《あさなわ》をするりと引き出すと、虚空《こくう》に飛ばして、二丁櫓の船頭のひとりの首に絡ませ堀に転落させた。

澄乃の隠し武器の麻縄は実に巧妙な動きを見せた。

「あぁー」

という悲鳴とともにひとり目の船頭が消え、もうひとりの船頭がなにが起こったか見定めようとした直後、舳先に座していた幹次郎が猪牙舟の竹棹を摑むと、ふたり目の船頭の腹を軽く突き、こちらも堀へと転がした。

「何者か」

と叫んだのは覆面頭巾《ふくめんずきん》で面体《めんてい》を隠した武家だった。そしてその配下の者か、三人が慌てて刀に手を掛けた。だが、船頭ふたりがいなくなった二丁櫓の早船は楓川の新場橋《しんばばし》の橋脚《きょうきゃく》に舳先をぶつけて泊まった。

政吉が主船頭の猪牙舟もその傍らに泊まった。

「何奴か、不埒《ふらち》な仕業、許さぬ」

と武家が幹次郎に叫んだ。

「それはこちらの言い草にござる」

「おのれは何者か」

「それがし、そなた様がたの主どのといささか付き合いがある陰の者にございます」

と幹次郎が言ったとき、楓川の河岸道の常夜灯が幹次郎の顔を浮かばせた。

「ああ、吉原会所の」

「その先は申されますな。お互い困った立場に立たされます。お香様の衣装の手入れ、それがしの関わりの呉服店にてさせまする。そなた様がたに一切、迷惑をかけることはございません」

「長持、たしかにお香様の衣装であろうな」

「念には及びません」

と応じた幹次郎が政吉船頭に頷くと、猪牙舟は船頭のいなくなった早船からすいっと離れて、伊勢亀の長持を載せた船を追った。


四半刻後、伊勢亀の船は浅草御蔵前通りの下之御門近くの伊勢亀の船着場に寄せられ、待ち受けていた大勢の奉公人衆の手でお店に運び込まれた。

長持四つに入った小判十万枚が慎重に勘定《かんじょう》された。さすがに札差筆頭の伊勢亀も十万枚の小判を眼前にして勘定することなど初めての作業だった。

この作業に神守幹次郎と澄乃が立ち会い、九万両の小判が伊勢亀の内蔵に納められたときには四つを大きく過ぎていた。

「後見、私どもも滅多《めった》にお目にかかれない光景ですよ。うちの後見でなければばかような持ち込みはありますまい」

と当代の主、八代目の伊勢亀半右衛門が嘆息《たんそく》した。

「半右衛門どの、迷惑をかけましたな。これで吉原会所の四郎兵衛様も安堵なされましょう」

「いかにもさよう。で、一万両は明日にも吉原会所にお持ちしますかな、後見」

「いえ、天王橋際に猪牙舟を待たせてございます。われらふたりで今晩は、わが家に黄金《こがね》の夢をもたらしまする」

「ほうほう、汀女様と麻様のおふたりに一万両をお目にかけますかな。なんと申されましょうな」

「さあて、あのふたりの女人、それがしには及びもつかぬ考えの持ち主、厄介なものを持ち込んでくだされたと小言を食らいましょうな」

と幹次郎がその光景を思い浮かべたか苦笑いした。

その瞬間、幹次郎は考えを変えた。

四つ半（午後十一時）の刻限、ようやく政吉と磯次のふたりが船頭の猪牙舟は、神守幹次郎と嶋村澄乃のふたりの吉原会所の裏同心に警固されて牡丹屋に戻った。そして、伊勢亀が使う帆布《はんぷ》製の布袋二十枚に五百両ずつ入れられた一万両が牡丹屋に運び込まれたのだ。

「なんだえ、この妙に重い袋はよ」

と船頭のひとりが磯次に訊いた。

「兄さん、ひとつの袋に五百両が入っていて、都合一万両と兄さんたちは同じ屋根の下に眠るのよ」

「ほう、磯次、てめえ景気のいい冗談を言うようになりやがったな」

「兄さん、この程度では景気がいいとは言えねえな。おりゃ、十万両の小判を運んでよ、小判にはうんざりしているのよ。一万両はほんの鼻紙代よ」

「小僧、爺様の政吉さんから怒鳴られて頭がおかしくなったか」

「兄さんがたには夢にも見られまいな」

磯次が妙に平然とした態度で言い放った。

この夜、澄乃が一万両のお守《も》りをして牡丹屋に泊まった。

翌朝、澄乃は布袋ふたつを牡丹屋の大風呂敷に包み込み、背に負って黙々と土手八丁から五十間道、大門へと下っていった。すると大門前で面番所の隠密廻り同心の村崎季光が澄乃を迎えて言い放った。

「そのほう、南町《うち》の定町廻り同心桑平市松と懇《ねんご》ろじゃそうな」

「朝から冗談を申されますな。桑平様はご新造が身罷られたばかりと聞いております。私、ときに桑平様のご子息おふたりを八丁堀の外にお連れして気晴らしをしていただいております。桑平様のご子息は賢《かしこ》いお子様さんですよ」

「なに、桑平の倅と懇意にしておるか」

「いけませぬか、村崎様。それより背の荷を会所に届けたいのですが」

「漬物石でも負うておるか」

「とんでもないことでございます。裏同心嶋村澄乃、千両ほどの小銭を背負っております」

「そのほうの同輩もくそ面白くもない冗談を抜かすが、澄乃、おまえも真似しおるか」

「いえ、正真正銘の」

「漬物石か」

はいはい、と応じた澄乃がおよそ三貫五百匁（約十三キロ）の小判を吉原会所に運び込んだ。すると若い衆たちは切見世の手入れに出ているのか、番方ひとりが澄乃を出迎え、

「ご苦労だったな。背に千両の重さが載ってやがるか。金好きの面番所隠密廻り同心でも千両の重さに触れたことはあるめえな」

「番方、牡丹屋に九千両が残っております。牡丹屋では一刻も早く運び出してくれと願っておられますが」

「よし、残りは九千両か、そろそろ四郎兵衛様も吉原会所に参られましょう。そ

の折りに牡丹屋からどうやって会所に運び込むか相談致そうか」

と番方が答えたとき、

「おい、四郎兵衛様よ、そなたの朋輩が漬物石を運んでおったが会所では漬物を漬ける気か」

という村崎同心の声が聞こえてきた。

「おお、澄乃はすでに千両小判を運んできましたかな。ええ、会所ではこの不景気払いに千両の重さを利用して黄金漬けなる漬物を漬ける心算にございますよ」

「妹分も下手な冗談を言いおったが、そなたも抜かしおるか。冗談は笑うてもろうてなんぼの代物《しろもの》、もそっと上等の冗談を申せ」

「冗談ではございませんぞ。あと残りは九千両」

「九千両の漬物石を運び込めば美味い漬物になるであろうな」

と村崎同心が言い放ち、

「さすがになんでもご存じだ、村崎様は」

と言った四郎兵衛が吉原会所に入ってきて、番方と澄乃を見た。

なんとか吉原会所に金策が成った日であった。

第三章　切見世の桜

一

この日、四郎兵衛は独りふらりと五丁町のひとつ、伏見町《ふしみちよう》から羅生門河岸に入った。

伏見町のどんづまりにある明石《あかし》稲荷に拝礼した四郎兵衛はなにがしかの銭を賽《さい》銭箱《せんばこ》に投げ入れた。そして、明石稲荷の前に植えられた桜の木を見た。女の腕ほどの幹の太さの若木だった。

四郎兵衛は、未だ細い幹を掌《てのひら》でぽんぽんと叩いて、

(この桜、私が生きている間に天女池の老桜ほどに育ってくれるか)

とちらりと考えた。そして、羅生門河岸の反対側、京間百三十五間先に辛《かろ》うじ

て見える九郎助《くろすけ》稲荷の前の若木に視線を移した。

浅草溜の衆がこの数日働いたおかげで、羅生門河岸の路地からなんともいえない臭いが完全に消えたとは言い難いが、はっきりと薄れているのが分かった。さすがに溜の人足たちの仕事は素早く丁寧だった。

四郎兵衛は新しいどぶ板の上をゆっくりと九郎助稲荷に向かって歩き出した。

羅生門河岸の数か所に共同の厠があったが、新しく二か所ほど増築されていた。こちらは雪隠《せっちん》大工の仕事だ。

(改めて車善七親方に挨拶に行き、なにがしか費えを払ってこなければ)

と考えていると、切見世から四郎兵衛の手が取られた。

この日、四郎兵衛は日差しを避けて深編笠を被っていた。羅生門河岸の切見世の客が面体を隠し、真綿を召しているなどあり得ない。

無言で四郎兵衛は手を握らせていた。羅生門河岸に五丁町から落ちてきた新入り女郎と思ったからだ。

狭い路地を挟んだ前から女郎の声がした。

「そのぎさんさ、客じゃないよ。吉原会所の八代目頭取だよ」

四郎兵衛の手を引いていた女郎がその声を聞いてはっとした気配で慌てて手を

引っ込め、

「御免なされ」

と詫びた。

意外と若い声だった。

「四郎兵衛様よ、最近揚屋町から引っ越してきた女郎そのぎさんだ。まだこの羅生門河岸の商いに慣れないのさ、許しておくれ」

「なんでもそうだが、新しい仕事に慣れるのには歳月がかかろう。そのぎといわれるか、この四郎兵衛も未だ四郎兵衛とか頭取と呼ばれるのに慣れんでな、皆に迷惑をかけておるわ。お互い新しい職に慣れるよう努めようか」

「は、はい」

とそのぎが答えた。

「八代目、河岸道がお陰様できれいになったよ。四郎兵衛様は、しっかりとした仕事をしておられるね」

とそのぎの前の切見世の女郎が言った。

「お吉《よし》姐さんだったな、有難い言葉じゃぞ。四郎兵衛の励みになるわ」

「ふっふっふ」

と笑ったお吉が、

「八代目、だれもが見てないようで見ているものさ。どこのだれが羅生門河岸の厠をきれいにし、桜の木なんぞを植えるものか。裏同心の神守の旦那ならではの気配りさ。礼を言うのは、わちきらでありんす」

「来春に花が咲くとよいな」

「ああ、羅生門河岸で花見ができるとは思わなかったよ」

と言ったお吉が、

「五丁町は客の入りが悪いってね」

と表通りの商いを案じた。

「この不景気のせいでな、正直、どこの妓楼も引手茶屋も困っておられる。なんとしても客を呼び戻すのがこの八代目の務めじゃが、なかなかかな」

「八代目独りが頑張ってもどうしようもないさ。松平定信様の、あれもダメ、これもダメという緊縮策のせいだよ。松平様は老中を馘《くび》になったんだろ。元の田沼様の時世に戻るかね」

「それはなかろう」

四郎兵衛が答えると、

「わちきら、羅生門河岸じゃあ、一ト切百文だよ。表通りの景気不景気には関わりないさ」

とお吉が言い放った。

四郎兵衛はどぶ板を歩み出そうとしたが、お吉のがらがら声が煙草吸いのせいだと気づき、

「お吉姐さん、刻みを少し置いていこう」

と声をかけた。

「おお、立派な煙草入れだもんね。たしか神守の旦那は煙草吸いじゃなかったね」

「そういうことだ」

と言いながらお吉の切見世に深編笠の頭をひょいと下げて入り、框《かまち》に腰を下ろすと、煙草入れから刻みをひと摑み握ってお吉が差し出す煙草入れに移した。

「おお、いい香りだよ」

と言ったお吉が、

「八代目がこのお吉に想いを寄せるはずもなし、なんぞ知りたいかえ」

「そなたの抱え主はだれかな」

「ほう、四郎兵衛様は切見世の抱え主に関心があるのかえ」

「揚屋町の壱楽楼の太吉、蜘蛛道の湯屋の百太郎、もうひとりは浪人者と、このところ切見世を買い取っている者がおるそうな」

お吉はしばし無言で深編笠に隠れた四郎兵衛の顔を見ていたが、

「切見世は吉原の厄介者、吹き溜まりだよ。それを何軒も買い漁《あさ》ってどうする気かね」

「そこだ。私が知りたいのは」

「さすがに裏同心の旦那の目のつけどころは違うね。とはいえ、わちきら一ト切百文女郎の暮らしが変わるわけじゃなし」

「姐さん、そなたの抱え主とは四六《よんろく》かな、それとも五五《ごぶごぶ》かな」

「わちきの旦那は四分取りだ。羅生門河岸の昔からの仕来たり通りさ」

「壱楽楼も蜘蛛道の湯屋もなにを考えて切見世を買い漁っているか」

「知りたいかえ」

四郎兵衛は深編笠の頭を揺らした。

「たしかに切見世を何軒買っても大した利にはならないもんね。四郎兵衛様がせっかくどぶ板を新しくしてさ、どぶ掃除までしてくれたのに、羅生門河岸に妙な奴が現れては業腹《ごうはら》だね。四郎兵衛様、一日二日、待ってくれないか、調べてみるよ」

とお吉が言い、それを潮《しお》に四郎兵衛は立ち上がった。

「刻み、有難うさん、八代目」

の声が羅生門河岸に流れた。

四郎兵衛は、ゆったりと河岸道を歩いて車善七の人足たちの仕事ぶりを確かめた。

「八代目、切見世がきれいになったよ、有難うよ」

とか、

「裏同心の旦那は、五丁町の旦那衆と違って、目のつけどころが面白いよ」

と切見世から声がかかった。

「ご一統、私ではのうて廓外に接した車善七頭と配下の人足に礼を述べなされ」

「ああ、そうするよ」

などと問答を交わしながら緩やかに曲がりくねった河岸道を九郎助稲荷の前に出て、拝礼した。

ここにも高田村の植木職長右衛門配下の職人が植えた桜の若木があった。

　四郎兵衛は京間百八十間先の開運稲荷に向かって歩いていく。すると京町《きょうまち》二丁目の妓楼の二階から居続けの客か、浅草田圃から浅草寺の奥山《おくやま》辺りを見ながら遊女と談笑する声が聞こえた。

　四郎兵衛の歩くどぶ板道の切見世と京二の妓楼の二階は、さほど離れていなかった。それが地獄と極楽ほどの差があった。

　京町二丁目と比べて、老舗の大楼の三浦屋のある京町一丁目のほうが老舗や大籬が多かった。廓内の格式は京一が京二を圧倒していた。ところが京町二丁目が五丁町で代えがたいのは、二階からの景色だった。

　常連の客にとって京二の妓楼からの眺めは、御免色里の中でも絶景だった。

　そんなことを考えながら歩いていると、水道尻で松葉杖《まつばづえ》をついた火の番小屋の番太の新之助《しんのすけ》にばったりと会った。

「おや、八代目、お独りで見廻りですか」

「会所の中で暇なのは私ひとりでしてな、こうしてぶらついております」

　と四郎兵衛が答えると、

「ああ、そうだ。見番の小吉親方が八代目を捜しておりましたぜ」

「おお、さようか。ならば開運稲荷に詣《もう》でたあと、見番に立ち寄ってみよう」

吉原見番から三味線《しやみせん》の稽古か、複数の三味の響きが聞こえてきた。

「おみやさんや、他人の三味の音をよく聞いて弾かないかえ。ひとりだけ音が先走って浮いておりますよ」

と小吉の注意の声が見番の表まで響いてきた。

四郎兵衛が、

「どうしたものか」

と迷っていると、二階の稽古場から芸者のあや助《すけ》が階段を降りてきて、

「おや、八代目、小吉親方に用事ですか」

「稽古中のようだ、あとにしよう」

「いえ、小吉親方も八代目を捜しておいでてでしたよ。ちょいとお待ちくださいな」

と階段をあと戻りしていった。すると小吉が姿を見せた。

「八代目、ちょいと話があってね。こないだ、柘榴の家に訪ねた折り、おれが外丁子の広右衛門さんに例の一件、話していいか、尋ねましたな」

「小吉親方と外茶屋の外丁子の旦那が昔馴染とは知りませんでな、私が話をする

前に親方が会いたいと申されましたな。その首尾《しゅび》がうまくいきませんかな」

「仰る通りだ。うーむ、立ち話もなんだ、どこぞにふたりして話せるところはありませんかな。うちは今お聞きの通り、三味線の稽古中で喧《やかま》しゅうございますでな」

と小吉が言った。

「親方、天女池の桜の木の下ではどうですかな」

「おお、あそこがありましたな」

と応じた小吉と四郎兵衛、蜘蛛道伝いに天女池に出て、池の端の老桜の下に置かれた木の切り株にそれぞれが腰を下ろした。

「昔、薄墨太夫が三浦屋におられたころは、神守幹次郎様と薄墨様はよう逢い引きしておられましたな」

「逢い引きでしたかな、あれは」

「ただ今、神守幹次郎様に落籍された薄墨様は、加門麻様として柘榴の家におられますな」

「過日、わが柘榴の家で加門麻とも親方は会いましたな。わが女房と麻のふたりは真の姉妹以上に仲ようございます、もはや麻は柘榴の家の住人です。ちなみに薄墨太夫を落籍したのは札差筆頭行司の伊勢亀の先代でございますぞ、お間違いのなきように、小吉親方どの」

「身罷った伊勢亀の先代の代人《だいにん》として裏同心が千両で薄墨太夫を落籍したとうちの芸者や幇間が大騒ぎしましたっけ」

「その話はもはやようございましょう」

「はいはい、それでまた京の花街と吉原の芸事交流話にもうちの芸者どもが大騒ぎでございましてな」

小吉の話はなかなか核心に触れなかった。

「親方、外丁子の主どのは、たしかに廓内に引手茶屋をと願っておられましたかな」

さよう、と応じた小吉が、

「広右衛門さんの廓内に引っ越したいというのは、やはり仲之町の表通りだそうな。一本裏の引手ならば、ただ今の大門外で我慢するとにべもない話でございましてな」

「ダメでしたか」

「はい、八代目、大門外の外丁字の土地に見番をとお考えなのでしょう、なかなか容易くいきませんな」

と小吉が腰の煙草入れから煙管を出した。が、火がないことに気づいたか、手の中で小ぶりのめ組まとい模様の煙管を弄んだ。

「親方、気づいておられましたか。なんぞ話がございますかな」

小吉が四郎兵衛を見た。

「八代目、鉄漿溝を挟んで吉原会所と茶屋の外丁子は近間にございますな。外丁子のあの場所に四郎兵衛様はこだわりがございますかな」

「うーむ、最初、五十間道に見番をと考えた折り、大門に近いほうがよかろうと考えました。ところがな、大門傍に見番を置く理由はないように思えます。小吉親方は、外丁子のあの場所の他に関心がございますかな」

「おれは京との芸事での交流を考えたとき、大門から少し離れた場所のほうがよいのではと思うております。ただし、四郎兵衛様が考えられる見番は、それなりの広さの土地が要るとみましたが、どうですな」

「はい、過日も申し上げたが、最低三百坪、ほんとうは五百坪ほど欲しゅうございますな」

「四郎兵衛様、廓の外、五十間道も五百坪となるとそれなりの金子がかかりますぞ。ただ今の吉原会所にその余裕はないとみましたが、どうですな」

「小吉親方、金子のことはこの際、忘れてくだされ。五十間道にそれほどの広さの土地があるかどうか。それが知りとうございます」

見返り柳の立つ衣紋坂を下って、大門までの道を五十間道と呼んだ。三曲がりに曲がった道はおよそ五十間（約九十一メートル）あった。ゆえに五十間道だ。

小吉親方は、懐から手描きと思える絵地図を出して切り株のひとつに広げた。

「四郎兵衛様、大門に向かって二曲がりめの右手のところに間口九間半（約十七メートル）の茶屋がございます。ご存じでしょう、外茶屋でも老舗のあみがさ屋七兵衛《しちべえ》様の店ですわ。このところ休んでおりましたな。主の七兵衛どのが数月前に病で急死したそうな、外丁子から聞きました。この話、吉原の廓の内外では知られていません」

あみがさ屋七兵衛は元吉原以来の、武士階級の客に面体を隠すよう編笠を貸す商いをして財を成した編笠茶屋だ。

小吉は、

「百年前のあみがさ屋は大した広さではなかったそうな。ですが、ただ今では、間口九間半、奥行き二十五間（約四十五メートル）、奥は鉤の手に広がり、浅草田圃に接しており、それなりの土地を所持しております。かようなことはさすがの吉原会所も知りますまい」

と言った。

「小吉親方、存じません」

と驚きの声で四郎兵衛が応じた。

「あみがさ屋は五十間道に面した間口九間半、奥行き二十五間、鉤の手の土地、何坪所有しておるのです」

「四百七十五坪じゃそうな」

しばし沈黙が続いた。

「驚きましたな。かような広さの土地をあみがさ屋は所有しておりましたか」

「九代目のあみがさ屋の主が身罷った今、一族はもはや御免色里の客を相手の茶屋商いは続けたくはないそうです。先祖代々の土地である伊勢《いせ》に戻り、一族の者が受け継いできた伊勢神宮《じんぐう》の神官《しんかん》職に立ち戻りたいそうな」

「さような一族が五十間道にて営々と茶屋商いをしておられましたか」

四郎兵衛は驚きの言葉を繰り返した。

「という話がございましてな、四郎兵衛様にお会いしとうございました。どうですな、この話」

四郎兵衛は小吉が描いたと思《おぼ》しき絵地図を凝視した。

長い間が流れた。

天女池には珍しく人の気配はなかった。

「面白うございます」

と顔を上げた四郎兵衛が小吉を見て、

「あみがさ屋の土地代の言い値、お聞きしましょう」

「過日、三浦屋の抱え薄墨太夫が落籍された値が千両ということをつい最近、あみがさ屋ではどこぞで聞き知ったそうな。その五倍の五千両で茶屋の沽券を含めて売りたいそうな。これは言い値で一文たりとも負けないと外丁子の広右衛門に言っております。ちなみに外丁子とあみがさ屋の二軒は、五十間道の茶屋、お店を束ねてきた者同士です、親類以上の付き合いです。内証のすべてを承知であみがさ屋の申すことに間違いないかと」

と小吉が言い切った。

千両は今のいくらに値するか、およそ五千万円ほどか。五倍となると二億五千万円ほど、庶民には法外な額だろう。

ううーむ、と唸りながら、

(それにしても法外な)

四郎兵衛はその思いをいったん忘れた。その代わり、鉤形の土地、四百七十五坪に京の花街と吉原の遊里の夢が描けるかどうか、思案していた。

「四郎兵衛様や、薄墨太夫の落籍の代人を務めた神守幹次郎の旦那でも五千両は考え込むか。金策の目処がついたと言うたが、いくら足りぬな」

四郎兵衛は廓内の老舗の妓楼、三浦屋とて売り買いするとなっても、沽券五千両はしまいと思った。また五十間道のよき場所に五十坪の茶屋が売り出されてもせいぜい数百両と推量した。

「小吉親方、急ぎあみがさ屋の身内にお会いしたい」

「なにがしかの値引きを願うか」

「いえ、この話を直にあみがさ屋さんから聞きたいだけです。得心すれば、小判五千両でよければ五千両を、また為替と申されれば札差筆頭行司伊勢亀方の仲介にて即刻支払います」

こんどは小吉が黙り込み、四郎兵衛を見つめた。そして、伊勢亀と四郎兵衛に、いや、神守幹次郎に関わりがあったかと小吉は考えた。

「本気か、本気じゃな」

「小吉親方とも思えぬ念押しですな。未だ新米の吉原会所八代目頭取四郎兵衛でございますがな、虚言や戯言《ざれごと》は申しません。もしこの話、実現するようなれば外丁子の廓内、それも仲之町の表通りに移りたい一件、少し歳月をもらえば八代目四郎兵衛がなんとかしましょう」

と言い切った四郎兵衛を小吉は見つめて、切り株から腰を上げると、

「よし、これからおれがまず外丁子の広右衛門に会う。四郎兵衛様、それ次第だが先方のあみがさ屋と会うのは今晩でもいいか」

「かまいませぬ。私はこのまま西河岸の切見世の見廻りをしています」

との返答を聞いた小吉親方が天女池を飛び出していった。

二

夜見世が始まって半刻余り、北風が日本堤、五十間道と吹き抜け、衣紋坂の見返り柳の垂れた葉を大きく揺らしていた。

四郎兵衛は、御用部屋にて京の花街祇園《ぎおん》の「一力茶屋《いちりきぢゃや》」の旦那次郎右衛門《じろうえもん》に近

況を知らせる文を書き終えて封をなした。次郎右衛門は祇園感神院《かんしんいん》の祭礼である祇園会《ぎおんえ》を支える旦那衆のひとりでもあった。

すでに祇園の旦那衆には、神守幹次郎が官許の遊里吉原を差配する吉原会所八代目頭取四郎兵衛に就くかもしれぬと告げてあった。その返書が祇園の旦那七人衆の代表、次郎右衛門から届いたのだ。その文には、

「祇園の旦那衆、神守幹次郎氏の吉原会所の八代目頭取四郎兵衛様に就任するという一事に一同ただ啞然茫然《あぜんぼうぜん》としてしばらく言葉が出えへんどした。

京の花街と江戸の吉原がこのご時世を乗り切るために互いに協力し合うとの約定、うちら旦那衆のおひとりでもある神守はんの吉原会所の八代目頭取襲名は、えろう都合のいいことやという意見で一致しましたんや。

神守幹次郎はん、いいえ、八代目頭取四郎兵衛はん、おめでとうはん」

とあった。

四郎兵衛として初めて京の花街の旦那衆に返す書状に、

「成り行きで吉原の陰の人神守幹次郎が表方の八代目頭取に正式に就きましたが、未だそのことをよしとはしない妓楼や茶屋の旦那衆がおられまして、俄《にわ》か頭取は毎日綱渡りしている日々というのが忌憚のない情況《じょうきょう》」

と認めた書状を手に会所に出ると番方と澄乃のふたりがなにごとか話していた。

「なんぞございましたかな」

「いえ、この烈風《れっぷう》に火事騒ぎだけは起こさぬ注意をせよと澄乃に改めて伝えたところです」

「番方、全くです。ただ今の吉原にとって火事騒ぎはえらい事態を招きましょう」

四郎兵衛が仙右衛門に応じると澄乃が、

「飛脚屋に参られますか。私が文を出してきましょうか」

と言い、

「いえ、なんとのう五十間道の途中にある飛脚屋まで歩いてみたいと思うて、御用部屋から出てきたのです」

と澄乃に応じた。

裏同心は歩きながら、あるいは動きながら考える職務だった。それに比して会所の頭取という務めは吉原会所の奥座敷に座して番方らから廓の内外の情報を得て、どうするか判断して番方ら配下の者を動かす職務だ。

動と静、全く異なった。七代目の倅ほどの歳である八代目は行動と思考のふたつの鬩《せめ》ぎ合いに慣れないでいた。

書状を手に土間に下りた四郎兵衛を飼犬の遠助が見たが、老犬は問答を聞いて察したか、自分の寝床から立ち上がる気配はなかった。

「八代目、飛脚屋の用事を済まされたら柘榴の家に戻られますな」

と仙右衛門が訊いた。

「いえ、この風が気になります、今晩は会所に泊まろうと思います。文を飛脚屋に託《たく》したら五十間道から土手八丁を散策して会所に必ず戻ってきます」

と言い残した四郎兵衛が会所から仲之町に出て、烈風が鬼簾《おにすだれ》や花色暖簾《はないろのれん》を激しく揺らす様子に眼差しをやった。すでに二階の軒から吊り下げた灯りを消した引手茶屋もあった。

風のせいか素見《ひやかし》もいつもより少なかった。

公儀の詰所の面番所はもはや無人だった。

大門に四手駕籠が走り込んできて、茶屋の外丁子の前に停まった。

「風の強い中、ご苦労さんでしたな」

四郎兵衛は駕籠舁きに客を運んできた礼の気持ちを述べた。

「八代目、土手八丁の風は大門前とは比べものにならないぜ、駕籠ごと山谷堀《さんやぼり》に吹き落とされるかと思ったぜ。見廻りかえ」

「飛脚屋に行くついでに五十間道界隈を見廻ってみようと考えましてな」

「外茶屋も吉原会所の縄張りうちだもんな」

「廓の内外、かような宵に火だけは出しとうございませんな」

と言い残した四郎兵衛は大門傍の茶屋外丁子をちらりと見た。すると駕籠の客は外丁子の馴染と見えて、店から番頭が姿を見せて四郎兵衛に会釈すると、

「ようお出でになりました」

と駕籠の客に声をかけた。

四郎兵衛はその場を離れて、五十間道の中ほどにある飛脚屋あがり屋に向かった。

「おや、八代目自ら文をお持ちですか」

と番頭が四郎兵衛に声をかけてきた。

「京まで早飛脚で願いましょう」

「すでに上方《かみがた》宛てに書状二封を預かっております。八代目の文といっしょに三封、明朝に京まで通馬《とおしうま》早飛脚で飛ばします」

「値はいくらでしたかな」

「つい最近、値が上がりましてな、恐縮です。京まで一封一分一朱です」

四郎兵衛は財布から一分一朱を出して受取をもらった。

飛脚屋あがり屋の向かいが老舗の外茶屋あみがさ屋七兵衛方だった。ただ今休業中の店は間口九間半、五十間道の真ん中で堂々としていた。

「お願い致しましたぞ」

「へえ、六日以内に京までと安請け合いしとうございますがな、東海道はそれなりに難所がございます。この季節、大雨もあれば野分《のわけ》も見舞います。十日と見てくだされ、四郎兵衛様」

「承知しました」

と応じた四郎兵衛は三曲がりの向こうへと斜めに上がっていくと、衣紋坂に差しかかった。すると路地の奥に小吉が立って四郎兵衛を手招きした。辺りに人影がないのを見て路地に入り込んだ。

「改めて見ましたが五十間道で断然間口の広いのはあみがさ屋さんと初めて気づかされました。裏同心は間口など気にしませんからな」

「八代目、間口より奥行きがこれだけあるのをこの界隈の住人も摑んでおりますまい」

小吉親方が路地伝いに四郎兵衛を案内した。すると浅草田圃の手前に幅一間(約一・八メートル)余の小川が流れて、その傍まであみがさ屋の敷地が及んでいた。小川の向こうは浅草田圃が広がっていた。

「これはこれは、なかなかの見物《みもの》ですな」

「四郎兵衛様よ、あみがさ屋の先代をご存じかえ」

「うーむ、覚えがございませんな」

「その先代が流行り病で不意に身罷られてな、弔《とむら》いも身内でひっそりとなされたそうな」

「これだけのお店です。なぜさように慎《つつ》ましやかな弔いをなされましたかな」

「それは四郎兵衛様が直にお訊きなされ」

「ただ今お会いできますか。当代はおいくつですね」

「父親の急死で当代に就かれたのです、十七歳です」

「なんと十七歳ですか」

「先々代のあみがさ屋七兵衛様が当代の後見に就いております」

と言った小吉が黒板塀に設けられた戸口に立ち、こつこつと叩くと中から戸が引かれた。無言の男衆がふたりを迎え、手入れの行き届いた庭の雪洞の灯りに浮かび上がった二階建ての離れ屋に案内していった。

四郎兵衛は離れ屋のある部分が敷地の鉤の手の部分と推量した。

男衆が茶室のように渋い出入口に四郎兵衛を導き、小吉が、

「おれは表でお待ちしますでな」

と会うのは四郎兵衛だけだと言った。

「相分かりました」

四郎兵衛は框に腰かけて履物を脱ぎ、その傍らの階《きざはし》を二階へと独り上がった。

二階は六畳間に三畳の控えの間か、浅草田圃が日本堤の常夜灯にうっすらと浮かんで見えた。いや、浅草田圃のあちらこちらに石灯籠があって刈り取り前の黄金色の田圃を見せていた。

「なんと」

四郎兵衛は五十間道の裏手にかような景色が見られるとは、信じられなかった。

しばし無言で初めて知る景色を見ていると、

「ようお出でなされた。柘榴の家の主どの」

との声が六畳間からかかった。

「おお、失礼を致しました」

渋好みの座敷にふたりが控えていた。

四郎兵衛は、控えの間に座し、

「初めてお目にかかります。私、吉原会所の頭取をつい最近拝命しました八代目四郎兵衛にございます。私、迂闊《うかつ》にも主様が亡くなられたことに気がつきませんで、失礼を致しました」

と両手を軽くついて頭を下げ、詫びた。

「倅の弔いは内々でやりましたでな、吉原会所が知らぬのは当然です。ところで八代目四郎兵衛様とはたしかに初の対面ですな。されど神守幹次郎様、そなた様とは昵懇の間柄ですぞ」

との隠居の声に四郎兵衛が顔を上げると、なんと柘榴の家近くの湯屋で会う客のひとり、茶屋の隠居として知る人物が微笑みかけた。

「なんと神守幹次郎が裸の付き合いをしてきた茶屋の隠居は、あみがさ屋のご隠居でしたか」

「いかにもさよう」

「ご隠居、吉原会所の新米頭取が神守幹次郎と承知して、この面会を許されましたか」

「はい。私、会所の裏同心どのの言動はとくと承知しておりますでな。ただ今吉原で唯一信頼できるお方と思うて、外丁子からの申し出を受けました。いえ、そなたからの申し出を待っておりました」

と先々代のあみがさ屋の主が言い切った。

四郎兵衛はしばし間を置いて当代の若者を見て、

「七兵衛様、長年ご一族が暮らされた江戸を離れて伊勢に戻られますか」

と直に質した。

「はい。爺様や一族と相談し、さよう決めました」

「五十間道のこの土地、建物、この四郎兵衛に売り渡してもよいと考えられましたか」

「いかにもさようです」

四郎兵衛はしばし間を置き、黙考《もっこう》した。

「主どの、ご隠居どの、お尋ねしてようございますか」

「なんなりと」

と当代が答えた。

「あみがさ屋様が五十間道にこれだけ広い敷地をお持ちとは、裏同心の神守幹次郎も四郎兵衛も恥ずかしながら承知していませんでした。もしあみがさ屋様が廓内に茶屋をということであれば、その機会はいくらもありましたでしょうに。廓内に引手茶屋あみがさ屋を移すことを考えられませんでしたか」

「私が答えましょうかな、神守様」

「隠居どの、忌憚のない考えをお聞かせください」

「私ども一族、元吉原から新吉原に引っ越してきた当初からこの五十間道で茶屋商売を営んできました。細やかな商いでしたそうな。先祖はなんとしても官許の御免色里にて茶屋を営みたいと考えてきたそうです。大門の内外では、茶屋の格式も客層も違いますでな。

そんな望みですがな、二代目の七兵衛は、きっぱりとあみがさ屋は五十間道の当主に留《とど》まると決意し、その決心を代々の末裔《まつえい》も踏襲《とうしゅう》するように強く求めました。

さあて、二代目が決心した曰くがなにかお分かりかな、八代目、いやさ、神守幹次郎様」

この隠居の問いへの答え次第で、あみがさ屋の買い取りが決まると四郎兵衛は、いや、神守幹次郎は分かっていた。

両目を瞑ると沈思した。

長い時が経った。

あみがさ屋の隠居と当代のふたりは、四郎兵衛に催促をする気配は一切なかった。

四郎兵衛は口を開いた。

「あみがさ屋のご一族、伊勢神宮の神官職の家系と見番の小吉親方からお聞きしました」

「いかにもさよう」

「官許の吉原を代々支配してきたのは金子の力だけではありません。公儀の命でもまたなし、元吉原の総《そう》名主、庄《しょう》司《じ》甚《じん》右衛《え》門《もん》を筆頭にした一族、知《ち》多者《たもの》と呼ばれる限られた人々がこの新吉原を陰から支配してこられました。もしやあみがさ屋様ご先祖とご一族は、知多者支配の官許の吉原に反発なされましたかな」

ふっ、という吐息のあと、茶屋の隠居が薄く笑う声を四郎兵衛は聞いた。

四郎兵衛は両目を開いた。

「はい、二代目の七兵衛はわれら一族が廓内に引き移ったとしても知多者の僕《しもべ》に過ぎませぬな、ならば五十間道で商いの覇権《はけん》を握ると決意されたのです」

「引手茶屋山口巴屋の隠居、吉原会所七代目頭取も知多者でございました」

「いかにもさよう。妓楼の三浦屋さんもな。そして、八代目にして初めて知多者とは無縁の、いやさ、陰の人の神守幹次郎様が吉原会所の頭取に就きましたな、これを機会にわれら一族、伊勢に戻ることを決意しました」

「ご隠居、西国のさる大名家の下士であった神守幹次郎が吉原会所の頭取になろうなどとは当人も努々考えたことなどございませんでした。ご存じかと思いますが七代目は吉原を乗っ取ろうとした一味の刺客に無情にも闇討ちに遭い惨死された。最後の引き継ぎもなく、この神守幹次郎が吉原会所の頭取になった今、ご一族は廓内に茶屋を移すことを考えられませんか」

「そのことも考えました。じゃが、この吉原の改革をなそうという八代目頭取の力に組ることは、改革の邪魔をすることと考えましてな、われら伊勢に戻る途《みち》を選びました」

茶屋の隠居の言葉に大きく頷いた四郎兵衛は、

「ご当主、ご隠居、この四郎兵衛にこの土地を譲ってくれますか」

「吉原会所はなぜこの五十間道にこれだけの広さの土地を求められますな」

茶屋の隠居が四郎兵衛の問いに答えることなく反問した。

「ご隠居はすでに承知のようだ。

神守幹次郎と吉原の薄墨太夫であった加門麻のふたりは、七代目から謹慎というかたちで一年の修業の猶予《ゆうよ》を授けられました。私どもふたりは京に行き、謹慎期間の一年のうちに京の花街を勉強させてもらいました。

その折り、京の花街も商いが滞っていることを知り、京と江戸の花街と遊里が互いに助勢し合って、新たな花街に、遊里に改革することを話し合いました。

その最中に、先代の四郎兵衛様は身罷られた」

「その知らせを聞いた神守幹次郎様はどうなされた」

と茶屋の隠居が質した。

迂闊な返答はできないと思った。

「それがし独り、密かに江戸に戻り、七代目四郎兵衛様の仇《あだ》を討ち、ふたたび京へと舞い戻りました」

「それこそ神守幹次郎様の行いです。さて、八代目の話を中断させてしまいましたな。この土地、なにに使うお心算かな」

「このあみがさ屋様の五十間道の四百七十五坪の土地に、京の花街と江戸の御免色里が芸事の交流をする場、新しい見番を設けようと考えました。つまり五十間道で大門を潜る前にちらりと覗《のぞ》く遊びの場を設《しつら》えようと考えております」

茶屋の隠居が笑みの眼差しを十七歳の当代に向けた。

「七兵衛、この御仁は吉原の改革に孤軍奮闘《こぐんふんとう》しておられるわ。このお方に私ども一族が代々密かに買い溜めてきたこの土地を譲ろうではないか」

「爺様、承知しました」

とふたりが言い合い、四郎兵衛に頷いてみせた。

「ご両人様、四郎兵衛、感謝の言葉もございません。おふたりの意に沿う吉原の改革を京の花街の旦那衆らと協力してやり遂げたく思います」

そう決意を述べた四郎兵衛が、

「見番の小吉さんと外丁子の主どのの口を通して、この土地の売り値、五千両とお聞きしましたがそれで宜しゅうございますか」

「八代目、売り主のわれらが言うのもおかしゅうございますがな、いくらこれだけの土地とは申せ、五十間道では法外過ぎる値段です。まして昵懇の神守幹次郎様がお買いになる土地です」

と茶屋の隠居が言った。

「いえ、あみがさ屋さんの一族代々の苦衷を知った今、この値は当然かと存じます」

「八代目、五千両、言い値で払われる心算ですかな」

「はい、いつなりとも払わせてもらいます。小判五千枚、大変な重さにございますな、四郎兵衛、こたび初めて知りました。もし為替でよければ伊勢で受け取れるように札差筆頭行司の伊勢亀にて用意させます」

「伊勢亀の先代とは神守幹次郎様は昵懇でしたな。薄墨太夫を落籍してそなた様に預けたのも、先代の伊勢亀半右衛門様」

「いかにもさようです」

「神守幹次郎様は、当代の伊勢亀の後見と聞きましたがたしかですかな」

幹次郎として茶屋の隠居の問いに頷いた。

「七兵衛、八代目の寛容なる申し出ですぞ。私ども、五千両にて先祖代々が苦労して手に入れた土地を売り渡してよいな」

と茶屋の隠居が孫の当代に念押しした。

「爺様、構いません」

と十七歳の当代が即答した。

不意に茶屋の隠居が立ち上がり、灯りに浮かぶ浅草田圃を眺めた。

四郎兵衛も見倣った。

「美しい景色ですな」

「八代目、いやさ、神守幹次郎様、この場から見る浅草田圃も、五千両の土地のおまけにございますよ」

「四百七十五坪にこの景色がついて参りますか」

「一町二反の田圃も吉原改革に生かしてくだされ」

なんと、三千六百坪の田圃つきとは、四郎兵衛は驚いた。

「有難き申し出、慎重に大事に思案して使わせてもらいます。その上で五千両に伊勢への引っ越し代五百両を添えさせてくだされ。買い値は五千五百両です」

四郎兵衛が言い切って譲渡話がなった。

三

この日、昼前の頃合い、吉原会所の八代目頭取四郎兵衛は、独り大門を出た。

するとなぜか、会所の老犬遠助が四郎兵衛に従ってきた。見送りに出たのは番方の仙右衛門ひとりだ。小頭の長吉らは切見世の清掃や見廻りに出ていた。遠助はなぜか澄乃の見廻りに従わなかったようだ。

「四郎兵衛様、金杉村《かなすぎむら》まではそれなりに歩き甲斐《がい》がありますぞ。駕籠を使われませんか」

との番方の言葉を聞いた馴染の駕籠屋が、

「へえ、わっしらが送らせてもらいます」

と立ち上がる気配を見せた。

「いえ、天気もよし、ぶらぶら歩いて参りたいと思います」

との言葉に駕籠屋はがっかりとした顔を見せたが、なぜか遠助は尻尾《しっぽ》を振って喜んだ。

「おい、八代目、どこへ行く」

面番所の隠密廻り同心村崎季光が絡んできた。

「仙右衛門が金杉村と言うたな。三浦屋の隠居根郷の別邸に金策か」

白昼の大門前で大声を上げて質した。

「面番所の同心どのは吉原会所の懐具合をよう承知ですな。いかにもさようです。

それとも村崎様が金子の都合をつけてくれると申されますか」

「過日も言うた通り、わが役宅の内証は女ふたりに押さえられておるわ。わしが勝手に使えるのは煙草代くらいだ」

にべもなく断わった。

金策が成ったのを仙右衛門は承知だが、面番所の隠密廻り同心に知られてはいない。また五十間道のあみがさ屋の土地、四百七十五坪と浅草田圃一町二反を吉原会所が購う話は、腹心の番方にも告げていない。

あみがさ屋一族が伊勢に引っ越す話は、

「私ども一族が江戸を離れるまで内緒にしてほしい」

との強い要望が当代七兵衛から四郎兵衛になされた。むろん十七歳の主の背後には先々代がいてのことだ。

四郎兵衛としても、この敷地と田圃の正式譲渡がなるまでは、買い取りと使い道は秘密にしておきたかった。そこで二日後、黄道吉日《こうどうきちにち》を選んで札差筆頭行司伊勢亀の店にて沽券の譲渡が済むまで、この一事、腹心の仙右衛門にも話すつもりはなかった。

「おい、八代目、三浦屋の隠居の近況を承知か」

と村崎同心が質した。

「いえ、根郷様になんぞございましたかな」

「おお、金杉村でな、メジロだか鶯《うぐいす》だか小鳥を飼ってな、暇を潰しておるとよ。金策に行くのだ、小鳥の一羽も購って土産に持っていかぬか」

「ほう、よいことを教えてもらいました。小鳥はどこで売っておりますかな」

「金杉村への道中、三ノ輪村に小鳥屋があるぞ。千両都合するのならば、せめて小鳥を四、五十羽買って土産にせよ」

「有難い言葉ですがな、四郎兵衛の懐には、鳥は鳥でも閑古鳥が住まいしてましてな、小鳥は買えませぬ。せめて小鳥の餌《え》を見繕って参ります」

「先代時代と違って、八代目の吉原会所はなんとも貧乏たらしいな」

と村崎同心が言い放って、さっさと面番所に入っていった。

仙右衛門がその背を目で追っていたが、

「八代目四郎兵衛様も隠密廻り同心をすっかり手懐《てなず》けましたな」

と言った。

「番方、こちらの懐具合を正直に述べただけです」

と応じた四郎兵衛が日本堤に向かおうとすると、遠助が駕籠の前に座って四郎兵衛に従う様子を見せた。

「遠助、そなた、私に伴われますか」

と言いながら考え込んだ。

「駕籠屋さん、私と遠助の後ろから従ってくれますか。根岸村からの帰りに駕籠を使わせてもらうやもしれませんでな」

「四郎兵衛様、空駕籠で往復されても駕籠代は頂戴しますがな」

「面番所の役人どのとの問答を聞きましたか。駕籠代くらい案じなさるな」

「ははあ、あの同心、銭には小煩《こうるさ》いからな」

先棒が言い、後棒《あとぼう》が、

「吉原会所の八代目頭取とお犬様のお供で根岸村まで伸《の》すぜ、相棒」

と応じて空駕籠の傍らに老犬が従い、四郎兵衛は、

「番方、行って参ります。昼見世の終わるまでには戻ってきますでな」

と留守番をする仙右衛門に言い残した。

「ご苦労様ですな。冗談ではなく帰りの駕籠の客は遠助ではございませんかえ」

という言葉に見送られて四郎兵衛も駕籠と遠助を追った。

三浦屋の先代が隠遁《いんとん》した根岸の郷は、武蔵国《むさしのくに》豊島郡《としまごおり》金杉村が正式な地名だ。正保《しょうほう》三年（一六四六）に東叡山寛永寺領に組み込まれていた。

上野《うえの》の崖下にあって、かつては海が入り込んでいた、木の根のような岸辺というので、金曽木《かなそぎ》、ただ今では、

「金杉」

と呼ばれた。

「八代目、すっかり吉原会所の頭取に慣れなさったな」

遠助の歩みに合わせた駕籠舁きの先棒が言った。

「他人様《ひとさま》からどう見えるか知れませんが、当人は未だ戸惑いがございましてな。形を見て、ただ今は四郎兵衛じゃぞ、と言い聞かせております」

「遠助はただ今は四郎兵衛様と察しているようでゆっくりと歩いておりますな」

「いえ、遠助は、はっきりとした歳は分かりませんが十歳はとうに超えておりましょう。それでゆっくりと歩いておるのです」

「そうか、会所の飼犬は年寄りでしたかえ」

と先棒が答えると遠助が後ろを振り返り、うんうんと頷くように見えた。

「八代目、差し出がましいことを訊くが、吉原会所に銭がないというのは真です

かえ」

「最前の面番所の隠密廻り同心との話ですか」

と四郎兵衛が苦笑いして、

「正直申して銭箱には大した金子はありませんでしたな。先代は身銭を切っておいでで、体面を保っておられたようです。ですが、私は身銭を切ろうにも持ち合わせがありませんでな、なんとか知恵を絞っておるところです」

「ううーん、裏同心の神守の旦那は、金子には縁がなかったかえ」

と先棒が言うところに後棒が、

「神守の旦那は薄墨太夫を落籍したぞ」

「あれは、とある分限者の代人をした話でしてな、私、一文も使っておりません」

「へえ、と素直に返事をしたいところだが、薄墨太夫は、神守の旦那の家に居《い》候《そうろう》しておりませんかえ」

「よくご存じだ。先代の四郎兵衛様から頼まれて、神守幹次郎と汀女夫婦がお預かりしておるのです」

「銭がないと言いながら八代目も豪儀《ごうぎ》な暮らしではないかえ」

「わが柘榴の家は、女人が多く、男は、家付きの猫の黒介と人は神守幹次郎ひとりでしてな、豪儀な暮らしとは程遠い暮らしですよ」

「おかしいな、面番所の隠密廻り同心は銭に小煩いせいか、貧乏裏同心の旦那のほうが優雅な暮らしに見えないか」

「と、思われますか。ですが、八代目頭取四郎兵衛に立ち戻りますと、なんとも懐が寒々しく感じられますな」

「それで根岸の郷に金策かえ、四郎兵衛様」

「へえへえ、金策がうまくいくように三ノ輪村の小鳥屋に立ち寄ってくれませんか」

「メジロの餌ですかえ、それならば八百屋に立ち寄って蜜柑《みかん》かりんごなんか、水《みず》菓子《がし》を買ったほうが安くないか」

と先棒が言い出した。

「ほう、メジロは水菓子を食べますか」

「おお、甘いりんごなんぞが好きと聞いたぞ」

「ならば八百屋に立ち寄りますか」

そんな呑気《のんき》な問答の末に八百屋で蜜柑とりんごを買い求め、根郷の住まいする隠居所を訪ねると先代の三浦屋の四郎左衛門が日当たりのいい縁側で小鳥の世話をしていた。

「いかがですかな、隠居暮らしは」

「おお、四郎兵衛様が遠助まで連れて、わが隠居所を訪ねてくれましたか。なに、メジロの好物、水菓子を持参ですとな。上がりなされ上がりなされ」

といささか退屈《たいくつ》していた様子の根郷が四郎兵衛を座敷に急ぎ招じ上げた。

遠助は沓脱石《くつぬぎいし》の傍らに寝そべり、駕籠屋は門前で待機していた。

「倅からあれこれと聞いておりますぞ」

「となれば私から報告することはございませんな」

「いえ、倅と当人からの報告では違いがございましょう。まず吉原会所に金子がないとか、四郎兵衛様の最初の仕事は金策と聞きましたが事実ですかな」

根郷の問いに四郎兵衛は吉原会所の金蔵に残っていた金子が三百五十七両二分一朱と百三十文であったことを告げた。

しばし沈思していた根郷が首を傾げながらも、

「さようでしたか。先代は身銭を切っておられたか」

と、さすがにお互い吉原の差配をしてきただけあってそう推量した。

「ご隠居、なんとか金策の目処はつきました」

先の老中松平定信は、海賊商人三島屋三左衛門一味を神守幹次郎らが潰したあと、その不法な金子を公儀の勘定方に入れることなく、寛政の改革に使う心算でいた。が、不意に老中首座も家斉の補佐方も定信は罷免された。

四郎兵衛はその金子の一部を定信の理解を得て入手した経緯をざっと告げた。

「さすがは神守幹次郎様ですな。先の老中首座が画策された財政改革に使う金子をお借りするとは驚きました。先代の四郎兵衛様の人を見る目はたしかでしたな」

と言った根郷は定信から吉原会所が借り受けたと理解していた。が、そんな推量はそのままにしておいた。

「こちらも倅からの報告ですが、羅生門河岸や西河岸の切見世のどぶ掃除をしたり、桜の木を植えたり、厠をきれいにされたりしておいでとか」

「浅草溜の車善七親方の助勢でただ今も人足を入れております」

との四郎兵衛の報告に頷いた根郷が、

「四郎兵衛様や、切見世の女郎を両河岸からひとりずつ選んで町名主に加える例の一件、やはり町名主に提案されますかな」

「それですがな、揚屋町の小見世、壱楽楼の主の太吉ら三人が切見世を買い漁っていることが判明しましてな」

四郎兵衛が根郷に縷々《るる》説明した。

「なに、揚屋町の小見世の主らがな」

と根郷が首を傾げ、

「根郷様、まずはこちらの対応が先かと存じます」

「壱楽楼らはなにを考えてのことか。小見世の妓楼の主では五丁町の町名主には就けませんな。この者たち、切見世の権利を買い集めて吉原会所になんぞ強制する気ですかな」

と根郷がさらに沈思した。

「ご隠居、この一件を知ったとき、私が考えた羅生門河岸と西河岸から女郎を選んで、五丁町の町名主に加える企ては、しばし時期を見送ったほうがよかろうと思い直しました」

「おお、それはよき判断ですぞ。神守幹次郎様が八代目の吉原会所頭取に就いたことを廓内で得心していない妓楼や引手茶屋の主が未だおりましょう。あの一件は、しばし忘れなされ、それがよい」

と言い切った。

「はい。まずは壱楽楼らの企ての狙いが奈辺《なへん》にあるか調べ上げたのち、御免色里吉原に難儀をもたらすようならば、まずこちらを始末致します」

と四郎兵衛が裏同心に戻った口調で根郷に応じた。

そこへ隠居根郷の女房の和絵《かずえ》が茶菓を運んできた。

ひとしきり、隠居暮らしの刺激のなさを和絵が語り、お互いがあれこれと言い合った。

どうやら根岸の郷の隠居暮らしもまだ落ち着いたわけではなさそうだった。

和絵が奥へと引き下がると、茶碗を手にした根郷が、

「なんぞ難儀がございますかな」

と質した。

「難儀ではございませんが、ひとつご報告がございます」

と前置きした四郎兵衛が、

「根郷様、五十間道の外茶屋あみがさ屋七兵衛方をご存じですか」

「なに、外茶屋のあみがさ屋ですと。元吉原以来の古い外茶屋を継いできた一族ですな」

「五十間道ではたしか一番間口が広かったな」

「いかにもさよう」

「九間半です」

「なかなかの間口ですな」

と呟き、考え込んだ。

四郎兵衛が持ち出したあみがさ屋一族が吉原会所とどう関わるか、根郷は頭を捻っていた。

「根郷様、あみがさ屋が所有する土地、浅草田圃まで四百七十五坪です」

無言で根郷が四郎兵衛を見た。

「奥行き二十五間、その先で鉤の手の土地になっており、その広さをお持ちです」

「なんと、五十間道とはいえ、五百坪近い土地をあみがさ屋は持っておりましたか。先代の四郎兵衛様も承知しておりますまい。それにしても五十間道の中ほどにその広さの土地を買い増される財力があれば廓内に茶屋が持てたのではございませんか」

「二代目のあみがさ屋七兵衛様が外茶屋から廓内に移ることを拒絶したそうな。

そして、一族にこの決めごとを引き継ぐよう厳しく命じたというのです」

四郎兵衛はその理由を事細かに語った。知多者の根郷にとっては複雑な心境を覚えるあみがさ屋の選択だったからだ。

「なんと知多者が支配する官許の遊里に茶屋を求めることを嫌われましたか」

「そのとき以来、あみがさ屋では密やかに少しずつ隣地を買い足して、ただ今の四百七十五坪に広げたのです」

「魂消ましたな。官許の吉原に対抗するために五十間道を支配されようと考えられたか」

と知多者のひとり、三浦屋の先代楼主が呟き、

「四郎兵衛様、あみがさ屋の土地がどうただ今の吉原会所と関わりございますな」

と質した。

「根郷様、私、八代目四郎兵衛はこの土地を買い求めました」

「な、なに、私の耳には入っておりませんぞ」

隠居しても自らが廓内の情報に通じているとの自認を思わず漏らした。

「承知なのはあみがさ屋一族の限られた数人と私ひとりだけです。そして、今根

郷様が知られました」

「四郎兵衛様、五十間道の広い土地をなんのために使われますな。おお、京の花街との交流の舞台にされる気かな」

と根郷が性急に質した。

「いかにもさようです」

「ちなみにこの土地のお代はいくらでしたな」

「ご隠居、五千五百両でした」

「それはまた、法外な値段ですな」

根郷が仰天というより愕然とした表情を見せた。

「いかにもさようです。あみがさ屋さんは知多者が支配する廓内をいとむ代々の考えを、自分たちの胸の中で極秘にして留めてくれました。ご隠居、廓と五十間道の外茶屋が対立するのは宜しくはございますまい」

四郎兵衛が知多者の根郷に言い、

「五千五百両が高いか安いか、これからの使い方次第で判断が決まりましょう。また、この土地には浅草田圃一町二反がついておりました」

根郷の両目がぎょろりと見開かれた。三浦屋の主だった折りの、だ。

「睨み」

「すでにあみがさ屋の土地の使い方は、四郎兵衛様の頭にあるようですな」

「ございます」

と応じた四郎兵衛は、あみがさ屋一族が伊勢に出立《しゅったつ》して五十間道から姿を消すまで、根郷の胸にこの話を留めてほしいと願った。

長いこと沈思した根郷が頷いた。

「八代目四郎兵衛様、もはや隠居風情が貸す知恵など要りませぬな」

「ご隠居、私とて独断専行の不安も危険も重々承知しております。根郷様に話を聞いてもらうことで、なんとか平静を保っていこうと思うております」

「知恵を貸すより、そなたの企てを聞くことがこの根郷の役目と申されるか」

「三浦屋の当代やただ今の町名主に話せば、吉原会所の支配方が混乱に陥《おちい》ることは目に見えております。目処が立った折りに報告することでお許しを乞おうと思いますが、根郷様、強引に過ぎますかな」

四郎兵衛の反問に根郷は幾たびめだろう、長い沈黙に落ちた。そして、

「先代の四郎兵衛様の惨劇を八代目に経験してほしくはない。じゃが、八代目は

裏同心神守幹次郎の顔も持っておられる。そうそう容易く先代のような惨劇を蒙ることはございますまい」

と言い添えた。

「なんとしても吉原を再生するために、しばらく私めの強引に見える動きを見逃していただけませんか、ご隠居」

「八代目、ひとつだけ約定を願おう。折りに触れて私には隠しごとがない事実をすべて報告してくださらぬか」

と根郷が乞うた。

言外に四郎兵衛の独断専行が過ぎる折りは、根郷はただ今の町名主に告げて、四郎兵衛と対決すると示唆《しさ》していると思えた。が、四郎兵衛は、

「承知しました」

と受けた。

四

隠居所の門前で待たせていた駕籠に飼犬の遠助を乗せて大門前に戻ってきたと

き、すでに昼見世が始まって半刻ほどが過ぎていた。

「おい、真に犬畜生を駕籠に乗せてきたか。四郎兵衛、そのほう、考え違いも甚だしいぞ」

と同心村崎季光が大門から叫んだ。

「おお、これは面番所の鋭敏《えいびん》なる隠密廻り同心村崎様ですか。遠助を犬畜生と申されましたが、吉原会所の一員として廓内の警固に当たって手柄も立てておりますでな、ただの飼犬ではございませんぞ。あちらでも大人しく駕籠舁き方と待っておりましたな。帰路、老犬に日本堤を歩かせるのはいささか酷と思い、駕籠舁きおふたりに願って乗物を使わせました」

と応じた四郎兵衛は遠助を駕籠から抱き下ろし、駕籠舁きに酒手《さかて》を含めて過分に代金を渡した。

「へえへえ、わっしらも酔っ払いを乗せるよりなんぼか楽でしてな、なによりこうして飼い主の四郎兵衛様から酒手までいただけるのでございますから、どちらかのどなた様より大いに歓迎ですよ」

と先棒が村崎同心を見て、言い放った。

「どちらかのどなたとはだれだ」

「そりゃ、だれもが承知ですよ。もっともご当人は気づいておられませんがね」

しばし沈思した村崎が、

「駕籠舁き、そのほう、なんぞわしに文句があるか」

「面番所のお役人様に駕籠舁き風情が文句などつけられましょうか。へえへえ、駕籠代は吉原会所に願いますゆえ、ときにな、酒代などどなた様かに頂戴できねえものかと、へえ、考えたまでです」

「黙れだまれ、駕籠舁きめ。わしが文句をつけておるのは犬ごときを乗せた四郎兵衛の魂胆だ。分かったか」

「へえへえ、分かりました」

と駕籠舁きが大門前の仲間のところに行った。

にやにや、と笑って迎えた仲間が、小声で、

「面番所のあいつは遠助以下だよな。あいつだけがケチくさいんじゃない、家じゅうが強欲よ。いつぞや八丁堀の役宅にあいつを送っていったらよ、年寄り婆さんを二丁町の芝居小屋に送れと言いやがる。その代金も会所払いだぜ」

と言った。

「おうさ、遠助よりタチが悪いよな」

と言い合った。

駕籠舁きたちがそんなことを話しているとは知らぬ村崎同心が、

「四郎兵衛、三浦屋の隠居のところで金策は成ったか」

と問うた。

「村崎様のお知恵に従い、メジロに水菓子などを買い求めて土産にしましたゆえ」

「おうおう、うまくいったか。いくら金策が成ったな。千両は無理としても五百両、いやさ三百両は都合がついたか。わしのおかげで金策が成ったので五分の十五両を頂戴しようか」

と村崎が手を差し出した。

「うーむ、さような話でございましたかな」

村崎が徒歩《かち》で戻ってきた四郎兵衛をとくと見回し、

「三百両を携えている風はないな。いつ、根郷は渡すと言うたな」

と差し出した手をひらひらとさせた。

四郎兵衛がしばし無言で村崎同心の顔を眺め、

「村崎様、『知恵は貸すが貸すほどの金子は隠居の私、持ち合わせがない』と根郷様にあっさりと断わられました。はい、メジロの水菓子代にもなりませんでした。村崎様、立て替えた水菓子代を頂戴できますかな」

「なんでそのほうに水菓子代を払う要がある。そうか、金策に行ったが無駄であったか。三浦屋の先代とて、隠居になってはさほどの金子は持たされておらぬか」

「いくら大籬三浦屋とは申せ、このご時世、金子の余裕はないように思えましたな」

村崎同心が根岸村に金策に行ったと思い込んでいるのを利して、金策失敗の作り話を告げた。

「おい、四郎兵衛、大きな声では言えんが先の老中田沼様の折りは、吉原も客が大入り、金子も動いてよかったな。松平定信様のケチケチ政策の結果、この為体《ていたらく》だ。馘首《かくしゅ》されるのは当然よのう。そなた、貧乏大名の松平様の知り合いなどと虚言を弄さなかったか。この際、田沼様の賂政治が甦《よみがえ》る策はないものか」

と村崎同心が吉原の大門前で公儀の老中の名をふたりも挙げて大声を張り上げた。

「村崎同心、お声が大きゅうございますぞ。昼見世には幕閣のお方が何人も見えておいででしょう。もしそのお声を聞かれたら、隠密廻り同心村崎季光様、その太鼓腹を掻《か》っ捌いて済むかどうか」

四郎兵衛がわざと小声で村崎の耳元に吹き込んだ。

「な、なに、わしが大声じゃと。さようなことがあろうか」

と村崎同心が真っ青な顔で廓の中を見回し、

「そ、そのほうにつられてつい腹にないことを口にしたわ。くわばらくわばら」

と狼狽《ろうばい》した表情で面番所に入り込み、戸をぴしゃりと閉じた。

四郎兵衛はその背を見送って会所に視線を向け直した。すると番方の仙右衛門が姿を見せて、

「四郎兵衛様、根郷の隠居、息災《そくさい》でしょうな」

「村崎同心の大声を聞けばおよそ察せられよう。中に入ろうか」

と出てきたばかりの仙右衛門を伴い、吉原会所にふたりは入り、戸を閉めた。

すでに遠助は、土間の片隅の塒《ねぐら》に座り込んでいた。だが、会所の小頭以下若い衆や女裏同心の澄乃の姿はなかった。昼見世の見廻りに出て、番方ひとりが留守番をしていた。

「番方、根郷様は意外と廓内の情報《はなし》に通じておられた。むろん当代の四郎左衛門

様がさような話をするとは思えぬ。未だ根郷様は、三浦屋の先代四郎左衛門を任じておられるようだ」

「院政《いんせい》を敷いておられると言われますか」

「さあて、そこまではどうか。しかし、なんぞあった折りには廓内の出来事や吉原会所の動きなど逐一告げよとのご託宣《たくせん》があった。そのこと、番方の胸のうちに留めておいてくれぬか」

仙右衛門が驚きの表情で四郎兵衛を見た。

「とくに裏同心神守幹次郎のもうひとつの顔、八代目四郎兵衛の言動を気遣っておられるように感じた」

番方は沈思した。そして、

「四郎兵衛様には根郷様に知られて悪《あ》しき行いがございますかな」

と質した。

「なくはない」

「なんのことでございますな」

「松平定信様から金策したことだが、意外に思われたようだ」

「なんとそれは。だれもが驚きましょうな」

「他にあれこれと申されたが、廓の中核から外に出て、不意に自分の立場が変わった。まあ、だれもが隠居になるには戸惑いがあろう。根郷様の場合、吉原の老舗中の老舗、大籬の主にして五丁町の総名主を長年続けられたのです。根岸に引っ越してみると、だれも訪ねてこようとはせぬし、本日は自身の知らぬことを告げられ、吉原から情報が入ってきていないことに気づいた」

「それが隠居でしょうに」

と番方が言い放った。

「いかにもさようです。ですが、この変化に不安を覚えられた、懸念が生じたように思えた」

「どのようなことをですか」

仙右衛門が質した。

根郷が新任の四郎兵衛の言動の中でいちばん微妙に感じ取ったのは、五十間道のあみがさ屋の一件だが、四郎兵衛は腹心の仙右衛門にも告げていない。ために口にできなかった。

帰り道つらつら、ただ今の吉原会所の、あるいは四郎兵衛の考えや行いを子細《しさい》に根郷に告げることを案じた。あみがさ屋一族との約定だが、金子を支払い、一族が江戸から伊勢への引っ越しを済ませるまで、根郷に話すのは待つべきであったと、四郎兵衛は後悔していた。

「吉原が京と互いに手を取り合って色町や花街の再興《さいこう》を目指していることを話しますと、根郷様は困惑の体でおられるご様子でした」

ここでも微妙に仙右衛門の問いを外して答えていた。

「お待ちくだされ。この一件、三浦屋の先代が吉原から根岸に移られる以前、承知しておられましたよね」

「はい。お話し申しました。隠居はそのことを忘れられたとは思いませんが、改めて聞かされると吉原が京の花街と協力し合うことを不安に思われたようです。そんなこんなで私、根岸村からの帰り道、遠助を駕籠に乗せたのは、老犬の身を案じたばかりではありませんでな、独りつらつら根郷様との問答を思い出しておりました」

番方が沈黙した。が、短い間で四郎兵衛に質した。

「根岸の隠居に八代目はなにを求めておられます」

「一介の陰の者が吉原会所の頭に就くというのはどういうことか、すべての行いに迷いが、戸惑いが生じましたでな、そんな迷いや戸惑いを根郷様にお話しして聞いてもらいました」

「それでようございますよ、との返答を根郷様に期待されましたか」

「はい、さような報告をなし、お知恵を借りるということはできぬ相談であったと思い知らされましたな。八代目四郎兵衛、甘うございました」

「どういうことです」

「番方は、すでに私の悔いを承知しておられましょう。先の三浦屋の主、五丁町の総名主として先代の四郎兵衛様とふたりして荒業《あらわざ》を使ってこられたお方にしても、ただ今の私、八代目四郎兵衛には話せぬことが出てきました。その辺りを根郷様は敏感に察知なされたのではございますまいか」

仙右衛門は、ふうっ、と長い息を吐いた。

「番方、そなたにも先代の四郎兵衛様に仕えるのと裏同心から八代目に就いた私に仕えるのでは戸惑いというか、不安がありましょうな」

と質してみた。

「ございます」

仙右衛門から即答が返ってきた。

「それはわっしも予測していたことでした。神守幹次郎様が八代目の四郎兵衛様の役割を一人二役で務められるのに仕えるとは、考えもしないことでした、ゆえに戸惑いは今もございます。されど一番の戸惑いの人は、八代目四郎兵衛様自ら」

と漏らし、さらに質した。

「柘榴の家では皆さん、四郎兵衛様の戸惑い、どう考えておられましょう」

「私、柘榴の家に戻る折りはできるだけ神守幹次郎の形で、四郎兵衛の立場を会所に残して帰ることに努めて参りました」

四郎兵衛の言葉に仙右衛門が頷いた。

「汀女も加門麻も、私の気持ちを察して一人二役に慣れるには何年もの歳月がかかる、ゆえにただ今は慌てず騒がず、二役使い分けを気にせぬようにと忠言してくれました」

「わっしも汀女先生や麻様と同じ考えです。その上で申し上げます」

ようございますか、という風に番方は間を取った。

「お聞きしましょう、番方」

「ひとつには、一人二役の戸惑いは吉原のだれもが承知のこと、神守幹次郎と四郎兵衛がごっちゃになってもあまり気を遣い過ぎず、鷹揚に過ごされることです。

こればかりは、柘榴の家の女衆が申されるように歳月がかかりましょう。八代目四郎兵衛様が吉原を新たに率《ひき》いる真の頭取になるために、わっしらがこれまで以上に努めますでな」

番方の返事に四郎兵衛は頷いた。

「ふたつには、先代の総名主であり、七代目の盟友であった根郷様を頼りにするのはほどほどになさることをわっしはお勧めします。

いえ、根郷様を無視せよと申しているのではございません。八代目が根岸の根郷様の隠居所に時折り顔出しするのはようございましょう。されど、八代目が胸の中に抱える難題を根郷の隠居に正直にすべて告げるのはどうかと申し上げておるのです。このこと、八代目、気づいておられましょう」

「これからは茶飲み話をしに根岸に行けと言われますか」

「はい、八代目に申し上げるのも愚《おろ》かですが、もはや七代目の四郎兵衛と惣名主の三浦屋の四郎左衛門の二人体制は掻き消えて、この廓にかすかな匂いすら残っていてはならぬのです」

と番方が言い切った。

四郎兵衛は根岸からの帰路、自らに問いかけ、漠《ばく》としていた答えを相棒の仙右衛門にはっきりと指摘されて大きく頷いた。

四半刻後、裏同心の形をした神守幹次郎は会所の裏口から見廻りに行こうとした。すると嶋村澄乃が待ち受けている体でその姿にどことなく安堵した表情を見せた。

「なんぞあるかな、澄乃」

幹次郎は、当初四郎兵衛の立場にあるときは澄乃と敬称は付けず、神守幹次郎の折りには澄乃さんと呼び分けることも考えたが、その呼び分けに意味がないように思え、敬称は省くことにした。

「羅生門河岸のお吉姐さんが四郎兵衛様に会いたいそうです」

「おお、お吉さんがな、この形ではいかぬかな」

と澄乃にとも幹次郎自身にともつかず漏らしたが、

「八代目も裏同心も同じ人物じゃ、この形で会ったとて不都合はあるまい」

と己に言い聞かせた。

「はい、なんら差し支えありますまい」

と迷いを察していた澄乃が言い、裏同心神守幹次郎が独りで見廻りに出るのを見送った。

蜘蛛道をぶらりぶらりと歩いていくと、幹次郎は気持ちが落ち着くのが分かった。

羅生門河岸を訪ねるために幹次郎は遠回りして天女池に立ち寄った。すると火の番小屋の新之助が小さな湧水池に釣り糸を垂れていた。傍らで六、七歳の姉と弟のふたりが新之助の釣りを見ていた。ふたりして手造りの帳面と筆を持っていた。

夜見世前の刻限でさすがに遊女の姿はない。

「新之助、天女池にてまた夢を釣っておるか」

幹次郎は新之助が魚もいない天女池で夢を釣っていると称して釣り糸を垂れることを承知していた。

「いえね、夢ではございません。どこぞの住人が金魚を狭い家で飼うのに悩んだ末に天女池に放ったと聞いたものでね」

と苦笑いした。

「この子らは知り合いかな」

「蜘蛛道に寺子屋《てらこや》があるのを神守様は承知ですよね」

「聞いたことはあるが訪ねたことはない」

「寺子屋の師匠が急に具合を悪くして今日は休みだそうで、おれが天女池に釣りに行くと言ったら、ついてきたんでさ。ふたりは蜘蛛道の質屋十一《とい》《ち》の姉と弟でね」

「会所の侍さん、池の金魚はおれが婆ちゃんに祭で買ってもらったものなんだよ。父ちゃんが狭い店に金魚鉢を置かれたら邪魔だと、この池に放したんだよ」

と弟が憮然とした表情で言った。

「なんだ、おまえの金魚か、末吉《すえきち》」

と新之助が問い、

「おれの金魚なんだよ」

「番屋の兄さんが釣ったら、金魚はどうするな、店では飼えまい」

と幹次郎が末吉に質した。

「お侍、釣れるものか。新之助さんはえさもつけてないんだぞ」

「そうか、えさなしでは金魚は釣れぬか」

「番屋の兄さんも会所の侍さんも金魚を知らないな」

と弟が言い放つとしっかりものの姉のお花《はな》が、

「末吉、うちに帰るわよ」

と弟の手を引いて蜘蛛道へと引っ張っていった。

「番太と会所の裏同心の旦那が天女池で出会うようでは、廓は事もなしか」

「ということかのう」

と言い残した幹次郎も蜘蛛道に足を向けた。

江戸町《えどちょう》辺りからか、清掻の調べが響いてきて夜見世が始まった。

第四章　刎ね傷

一

羅生門河岸の切見世では、お吉が障子窓から顔を覗かせていた。客はいないようだ。

「おや、今日は裏同心の形に戻ったかえ」

口に咥《くわ》えていた煙管を手に取り、がらがら声で言った。

刻みの入っていない煙管は、切見世女郎の必需品だった。酒を呑むのは抱え主から咎め立てされたが煙管は見逃された。河岸見世の女郎のただひとつの楽しみといえた。

「会所の頭取や裏同心が始終出入りしては商いに差し支えるか」

「おまえさんが一人二役で羅生門河岸に出入りしたからといって商いには差し支えなしだね。最前まで抱え主の内儀《ないぎ》が昼見世の割り前を取りに来ていたがね、客はなしだ」

お吉姐さんと仲間から呼ばれる女郎は平然としたものだ。

羅生門河岸の姐さん株のひとり、お吉の廓内での出自を、いや、五丁町からの転落の実際を幹次郎は知らなかった。

「抱え主の女房はなにか申さぬか」

「そりゃ、言うさ。客を取らなきゃお互い口が干上がるってね。でも、こんな言い草は抱え主や内儀の口癖さね。うちの抱え主はよくも悪くもないやね、こちらとは長年の付き合いだしね」

「で、お吉姐さん、この四郎兵衛に用事があるそうだな」

「ほれ、切見世を何軒も抱える抱え主の魂胆を知りたいと四郎兵衛さんが言ってなさったが、裏同心の旦那、八代目に伝えてくれないか」

「承知仕《つかまつ》った」

幹次郎であり四郎兵衛でもある人物が即答した。

「蜘蛛道で小さな湯屋京二ノ湯を開業する百太郎の旦那が羅生門河岸に三軒、西河岸に一軒切見世を抱えているのは会所も承知だろうね」

　幹次郎は頷いた。

「百太郎の旦那は揚屋町の壱楽楼の太吉に誘われて、一年ちょっと前に切見世の抱え主になったのさ。切見世に沽券なんて面倒なことはないからね、売り買いも容易いのだと。ともかくさ、蜘蛛道の湯屋の上がりだけではどうにもならないしね、いつの間にか四軒の切見世を抱えちまった。湯屋の上がりの足しらしいよ」

　その程度の考えで切見世を持つようになったのか、と幹次郎は思った。

「裏同心の旦那、五丁町の表商いも切見世の稼ぎも、吉原じゃ旦那より女房の腕が頼りというのは裏同心の旦那もとくと承知だろうね。そう、おまえさんのところも同じようだね」

　お吉の話は不意にわが身に降りかかってきた。

「うちも汀女様々と言われるか」

「違うかえ」

「そう言われると返す言葉はないな」

　と幹次郎は得心した。

　そんな様子に得たりという表情でお吉が頷き、

「百太郎の旦那の内儀のお亀《かめ》さんは廓の外から嫁に入った人でね、いつだったか旦那の代わりに上がりを取り立てに初めて来て、羅生門河岸の商いに、いやさ、私たちの暮らしぶりに魂消たのさ。それで蜘蛛道に戻って切見世の抱え主はやめようと百太郎さんに願ったそうだよ。

おかみさんは、初めて見た切見世の暮らしと商いにびっくりしたんだろうね。そんなわけで百太郎の旦那も切見世の抱えを続けていくかどうか迷っているようだ。

神守の旦那、四郎兵衛様に伝えな、真の話が聞けるとしたら、湯屋の百太郎とお亀さんしかないよ」

「有難い、早速四郎兵衛様に伝えよう」

と言った幹次郎が四郎兵衛の煙草入れから抜いてきた刻みひと袋をお吉に差し出した。

「おや、本日は裏同心の旦那の形ゆえ煙草入れはなし、刻みももらえないかとね、がっかりしていたところさ」

「お吉姐さん、念押しすることもないが八代目四郎兵衛と神守幹次郎は、同じ人物だ。もはや形で話を変えることもあるまい。気軽に付き合ってくれぬか」

「承知したよ」

とお吉が嬉しそうに刻みの袋を受け取った。


京町二丁目の裏手にある京二ノ湯は、夜見世が始まって一刻ほどあと、暖簾を下ろしていた。御免色里の吉原では夜見世がいちばんの稼ぎだ、この刻限にのんびりと湯に浸かる蜘蛛道の住人はいなかった。

幹次郎が京二ノ湯の裏口に回り、窯場《かまば》に入ると百太郎とお亀の夫婦が薪割をしていた。明日の仕度であろう。

「神守の旦那かえ」

どことなくこの訪いを予測していた口調で迎えた。

「四郎兵衛の形がよかったかな」

「いや、どっちにしろ、かような会い方はしたくなかった」

亭主の言葉にお亀が頷いた。

「おかみさんは元は廓者ではないそうな」

「はい。百太郎とは遠い縁者《えんじゃ》でして、深川《ふかがわ》に生まれ育ちました。夫婦になってそれなりの歳月が過ぎましたが、蜘蛛道の暮らしに慣れたとはいえません」

と正直な気持ちを吐露《とろ》した。

頷いた幹次郎は亭主に視線を向けた。

「百太郎さんは揚屋町の壱楽楼の太吉さんから切見世の抱え主になることを勧められたそうな」

と幹次郎が本論を切り出した。

「太吉さんとは将棋仲間でね、向こうが師匠格、こちらは弟子、といってもへぼ将棋さ。一年ちょっと前かね、切見世の抱え主になると日銭が入ってくると将棋を指しながら言われてその気になったのだ。たしかに日銭は入ってくる、まして四軒もあると湯屋の稼ぎよりいいこともある。なにしろ薪だ、なんだって費えもかからず仕事も一見楽だ」

切見世の抱え主として女郎たちから上がりを取り立てていたのは百太郎だった。

「いつかね、亭主が廓外の弔いに出たとき、私がさ、初めて羅生門河岸に行って上がりを集めることになったのさ」

お亀が思い出すのも切ないという表情で亭主の言葉に添えた。

「それで切見世女郎の暮らしに驚かれたか」

「はい、正直魂消ました。吉原の住人になって河岸見世は覗かないほうがいいと百太郎が言うもので、それまで知らなかったんですよ」

「で、百太郎さんに切見世の抱え主はやめようと願われたそうな」

夫婦が頷いた。とはいえ百太郎とお亀の気持ちが同じとは思えなかった。

「切見世四軒の上がりは、おまえさん方にとって貴重な実入りなんだろうな」

「裏同心の旦那、湯屋の上がりで食べていければそれに越したことはないけどね。仕事がきつい割に実入りは少ない。とくにこのご時世、一日に一度湯に浸かっていた住人が二日に一度、あるいは三日に一度と回数を減らしてね、切見世の上がりはうちにとって欠かせないのさ」

と百太郎が困惑の顔をして、事細かに内証を説明した。

お亀がなにか言いかけたが亭主の悩みも理解しているせいか口を閉ざした。

「おまえさん方にとって切見世の抱え主になったのは、湯屋の上がりを補《おぎな》うためだけかな、その他に曰くがござるか」

との幹次郎の問いに夫婦が首を横に振り、

「切見世の抱えになるのにどんな曰くが他にあるんですよ」

と百太郎が反問した。

「揚屋町の壱楽楼も同じ理由で切見世の抱え主になったのかな」

幹次郎は話柄を変えた。

「太吉さんのとこだって五丁町とはいえ総半籬だ。それなりに内証は苦しいでしょうよ。なんたって御免色里と威張ったって客が少ないや。大見世はどんな上がりか知らないが、壱楽楼も商いが苦しくて切見世に手を出したんだと思うよ」

と百太郎が将棋仲間の内情を推量した。壱楽楼の太吉が切見世に手を出した曰くを子細に承知とは思えない口調だった。

複数の切見世の抱え主になった百太郎の事の次第は、不況のあおりで湯屋の上がりが減じたせいと得心した。が、壱楽楼の真相は別かもしれないぞと、幹次郎は己に言い聞かせた。

「百太郎さん、切見世に沽券などないそうですな。切見世一軒、いくらで買われましたな」

「そんな話もしなきゃあダメかね」

「無理にとは言いませんぞ。切見世の現状を忌憚なくそれがしが頭取の四郎兵衛に告げるのはわが主が切見世の改善に努めるに役立てるため、こちらの苦境を知るのはそんなわけでしてな、他意はありませんぞ」

「裏同心の旦那と八代目は同じ御仁じゃないか、伝えるもなにもありますまい」

と百太郎が文句をつけた。

「いかにもさよう、一応、吉原会所の頭取と裏同心の役目を分けて務めておるところでな、未だ一人二役に慣れずに困っておる」

と幹次郎がここでも言い訳した。

「会所では、羅生門河岸や西河岸のどぶを掃除して厠を造り増しして桜の木を植えているってね。それは四郎兵衛さんの知恵かえ、裏同心の旦那の考えかえ」

と百太郎が質した。

「八代目の頭取四郎兵衛の思案であろうな。それがしはそんな四郎兵衛様の考えに助勢をなす役割でな、実に厄介で難儀しておる」

「たしかにややこしいな、一人二役ってのは」

と言った百太郎が、

「最前の話だがね、最初の切見世を壱楽楼の太吉さんの口利きで買ったときは三両でしたよ、太吉さんに割り増しを取られたのさ。二軒目からは直に前の抱え主と交渉して二両二分とか、二両とか、一番安かったのは一両三分だったね」

と言った傍らからお亀が、

「うちが湯屋商いでようやく貯め込んだ十両近くの金子を亭主はすべて切見世の

抱え主になるために使い果たしましたよ。わたしゃ、できれば、四軒の切見世の抱えを売り払いたいのですが、亭主がね」

「未だ決心つかずかな」

「いや、裏同心の旦那、お亀、わっしも切見世の抱えをどなたでもいいや、売り払いたいですよ。だけど、だれか買ってくれるかね」

と百太郎は首を捻った。

「壱楽楼の太吉さんに買ってもらったらどうだろうか」

「太吉さんもこれ以上切見世を増やしたところで、上がりは知れていると言っていたからね。無理でしょう」

と夫婦で言い合った。

「沽券はないようだが書付のようなものが存在するのかな」

と幹次郎が訊いた。

「裏同心の旦那、切見世はもともと岡場所で始まったってね。それが御免色里の吉原に伝わって羅生門河岸、西河岸の切見世になったと聞いたぜ。

そんな小商いだ。沽券もなけりゃ、売り買いの際、なんの書付もなし。前の抱え主と切見世の前で、おまえさんに売ったよ、わっしが買ったよ、と言い合い、その問答を切見世の女郎や左右の仲間女郎が立ち会い方で聞いてさ、それで売り渡しは終わりだよ。そんなもんだよ」

幹次郎は裏同心をそれなりの歳月務めて吉原の裏表を承知していると考えていたが、未だ知らない世界があるのに驚いた。

「裏同心の旦那、うちの四軒の切見世を買ってくれる人はいないかね」

と百太郎が真面目な顔で願い、お亀も大きく頷いて幹次郎を正視した。

「それがし、初めて切見世の次第をそなたらに知らされたのだ。すぐに買い手は思い浮かばぬが、この河岸見世も吉原の一部であることはたしか。そうだな、四郎兵衛様に相談してみよう」

「相談するたって裏同心の旦那と同じ人物じゃないか。裏同心に思いつかなければ四郎兵衛様にも思いつくまい」

「ということだ。かように一人二役は厄介極まりなしじゃ」

幹次郎の告白に夫婦が呆《あき》れたというより、頼りになりそうにないという表情を見せた。

「それがし、壱楽楼に回って太吉どのにも話を聞かせてもらおう」

と幹次郎が言うと、

「裏同心の旦那、太吉さんは小見世の楼主だが、結構、仕来たりやらなにやらには小煩くてね、裏同心の姿より四郎兵衛様の形で訪ねたほうがいいな」

「おお、さようか。ならば一度会所に戻って出直そう」

と辞去する幹次郎を夫婦がなんともいえない顔で見送った。

吉原会所の御用部屋に戻って、裏同心の形から四郎兵衛の衣装に着替えていると番方が顔を見せ、

「京二ノ湯の夫婦から話が聞けましたかえ」

「番方、未だ吉原には知らぬことが多いな」

と幹次郎の口調で前置きして言うと百太郎とお亀夫婦から聞いた話を告げた。

「えっ、切見世って沽券どころか一枚の書付もなしに売り買いできるんですかえ。驚いたな。つまりは小銭儲けが狙いですかえ」

「京二ノ湯の夫婦の話ではそうだな」

「切見世が二、三両で売り買いできるとは、おりゃ、この廓で生まれ育ったが知りませんでしたよ」

「廓っ子の仙右衛門どのが知らぬくらい、われら、切見世を官許の廓のひとつと認めようとはせず、無視してきたんだな。この際、なんとかせねばなるまいな」

と言ったとき、四郎兵衛の着替えが成っていた。

「番方、これから揚屋町の壱楽楼に主の太吉を訪ねてみようと思う。この四郎兵衛、総半籬の壱楽楼をよく存ぜぬが、事前に聞いておくことがあろうか」

と四郎兵衛の口調で問うた。

「壱楽楼ね、たしかにあの夫婦とは吉原会所は深い付き合いがありませんな。いえね、壱楽楼にとって河岸の切見世を何軒も持っているなど知られたくありますまい。そこであちら様も会所とは間合を置いているんですよ」

「四郎兵衛の形にしたがこれだけでは話し合いに応じてくれぬか」

「いえ、当代の四郎兵衛様が総半籬を訪れて、妓楼の主が断われるものですか。さりながら京二ノ湯の百太郎、お亀夫婦のようには切見世を何軒も持つ曰くを素直に話しますまいな」

と番方が言った。

「壱楽楼は、切見世商いに目をつけるくらいだ、小金は貯め込んでいるという話ですがな。その証《あか》しに川向こうの小梅村《こうめむら》に別邸を構えているって話ですぜ」

「ほう、総半籬の主が小梅村に別邸をお持ちか」

「かようなことは大楼の主ならば当たり前でしょうがな、壱楽楼程度の総半籬では珍しゅうございますな。揚屋町の総半籬、切見世商いの他になんぞ儲け仕事を持っていますかな」

と仙右衛門が首を傾げた。

「厄介な相手ですな」

「へえ、ですがね、壱楽楼の番頭の杵蔵《きねぞう》は主同様、なにより銭が好き、杵蔵の手に渡ったら銭は決して返っちゃこないと評判です。ということは、銭の力で杵蔵の口は割らせることができますな」

とさすがに廓っ子の仙右衛門は物知りぶりを発揮して言った。

壱楽楼はそれなりに繁盛《はんじょう》していた。客が女郎に誘われて二階への階段を上がっていくのを四郎兵衛は見た。安直な総半籬の楼らしい繁盛ぶりだ。

四郎兵衛が暖簾を分けると、

「いらっしゃい」

と客と見たか男衆が揉み手をした。そして、吉原会所の頭取と気づき、

「なんだ、八代目ですかえ」

と態度をころりと変えた。

年のころからこの男が銭好きという番頭だろうと四郎兵衛は見当をつけた。

「杵蔵さんですな」

「おや、会所の頭取が総半籬の番頭風情の名を承知ですか」

「むろん廓内の妓楼や引手の大事な男衆、女衆の名は承知していますとも」

「さすがは腕利きの裏同心様だ。で、四郎兵衛様がなんの御用ですね」

「主の太吉さんにちと相談がございましてな。面談が叶いましょうかな」

「無理ですな」

「前もって約定が要りましたかな」

「吉原を仕切る会所の頭取様の面談に総半籬の旦那が約定などあり得ませんや。むろん居留守もなしです。本日、廓の外に将棋仲間の通夜《つや》に出かけておりましてな」

「ならば、女将《おかみ》さんにはどうですな」

「女将さんは小梅村の別邸におられます。旦那は通夜のあと、小梅村に泊まると言い残して出かけられました」

「間が悪うございましたな」

しばし間を置いた杵蔵が、

「番頭のわっしで用が足りましょうかな」

「さあて、どうでございましょう」

「楼のことなれば、およそのことは承知ですがな」

と先方から踏み込んできた。新参の四郎兵衛相手に銭になると見たか。

「壱楽楼と直に関わりはありませんぞ」

「ほう、楼とは関わりがない」

と杵蔵が考え込んだ。

銭のにおいがする話かどうか考えている顔つきだ。

「西河岸に四軒、羅生門河岸に二軒、都合六軒の切見世をこちらの太吉さんはお持ちですな」

ごくりと唾《つば》を飲み込んだ杵蔵が、

「揚屋町の妓楼の主が切見世を所持するのは、吉原会所のお触れに差し障りありますかな」

「事と次第によりますな」

との四郎兵衛の返答にすがめにした杵蔵は考え込んだ。

「杵蔵さんや、そなたが切見世のことを承知ならばなにがしかのお礼を考えてもようございますぞ」

「むろん主夫婦に内緒でございましょうな」

四郎兵衛が頷くと、

「布団部屋でようございますかな、四郎兵衛様」

「布団部屋、大いに結構です」

と応じた四郎兵衛は、京二ノ湯の夫婦とは切見世を所有する理由が異なると直感した。

二

四郎兵衛が吉原会所に戻ると番方の仙右衛門が待っていた。

「壱楽楼の主と話ができましたかな」

「それが将棋仲間の通夜とかで楼にはおりませんでした。女将さんも小梅村の別邸だそうで、太吉さんは通夜の帰りには別邸に立ち寄って泊まるそうな」

「総半籬の主夫婦にしてはえらく余裕のある暮らしですな」

と番方が訝《いぶか》った。

「楼に上がる客がそれなりにおりましたな、この時世にあれだけ客を寄せる楼は総半籬とはいえ、大したものです。同じ抱え主にしても京二ノ湯の夫婦の余裕のなさとはえらい違いと見受けました」

それで、といった顔で仙右衛門が四郎兵衛の顔を正視した。

「番頭の杵蔵とは布団部屋で話ができました。長年勤めた奉公人は主の身動きをそれなりに見ているものですな」

と四郎兵衛が言い、御用部屋に仙右衛門を誘《いざな》った。

「壱楽楼は二年ほど前までは客の入りに困っていたそうな」

四郎兵衛の言葉に仙右衛門が無言で頷いた。

「一年半前ですか、太吉さんは将棋仲間から口利きをされた御仁に会って、切見世の抱え主になると、日銭が入ると勧められたそうな」

「六軒の切見世の上がり、たしかに日銭は入りましょう。されど川向こうに別邸を持つほどの稼ぎではございますまい」

「杵蔵さんはせいぜい一日に二千文、つまり二分の稼ぎと見ているようです」

「切見世の買い取り代が一軒二両何分かの上がりとしてはなかなかですな」

「その上がりを妓楼に回して遊び代を他の総半籬の妓楼より二割ほど安くしたそ

うな。そのお陰で新規の客が増えた」

「壱楽楼の太吉さんと女将の千枝《ちえ》さんは凄腕《すごうで》ですな」

と感心し、

「とは申せ、壱楽楼の夫婦の余裕はいささかおかしい」

と仙右衛門は言い添えた。

「番方、番頭の杵蔵さんも同じ考えで、切見世の抱えになる他になにか別の稼ぎがあるのではと思っております」

「で、杵蔵さんは承知しておられましたな」

仙右衛門の問いに四郎兵衛は頷き、杵蔵の話を告げた。


「吉原会所はこの話、どこまで承知ですな」

うす暗い布団部屋で向き合ったふたりの問答は杵蔵の問いから始まった。

「切見世の抱え主にこのところなっている者が何人かいると承知したのは偶さかです。私が四郎兵衛に就いてまず河岸見世の手入れを思い立ちましてな。そんな経緯での付き合いから壱楽楼さんやら京二ノ湯の主やらが切見世の抱え主だと知った次第です」

「へえへえ、ということはつい最近ということですか」

「仰る通り」

「四郎兵衛様、小見世の壱楽楼が切見世の抱え主を務めるのは会所のお触れに反しますかな」

「いや、切見世は吉原会所の中で格別の扱いでしてな。ある意味、なにをやっても許されるのが河岸見世です」

「格別とは、五丁町とは成り立ちもただ今の商いも違うということでしょう」

「仰る通りです。ゆえに壱楽楼さんであれ、京二ノ湯であれ、切見世の主になることができます。私は、これまでの来《こ》し方《かた》は別にして河岸見世も五丁町の触れの中で守られるべきところは守り、ダメなところは直していただくことが肝要《かんよう》かと考えております」

杵蔵は四郎兵衛の考えを熟慮《じゅくりょ》し、できるかな、といった表情を見せると同時に頷いた。

「杵蔵さん、私は、壱楽楼さんの河岸見世商いの背後になんぞ隠されておるのではないかと、邪推《じゃすい》しておりますので。京二ノ湯さんはご夫婦と話しましたが、切見世の上がりしか考えておられませんな。だが、こちらは違うような気がしましてな」

四郎兵衛は杵蔵の顔を正視した。

だが、杵蔵は直ぐに口を開かなかった。無言の間を置いたあと、

「うちの旦那と女将さんは儲けしか考えておられませんよ。うちは引手茶屋を通す大籬ではありません。一見《いちげん》の客でも直払いで二階に上げて床入りさせます。奉公人も少なく、給金もよその楼より低いのです。細かいことを言うようですが、三度三度の菜も質素というか貧しゅうございましてな、奉公人同士で漬物を漬けて菜にしておる始末。

そんな具合ですから、旦那は少しは小金を貯めておりましたな。また、使うことは滅多にない。そう、これまでした大きな買い物は、深川から来る客に勧められて小梅村に古家を買ったくらいです。いくらで買ったか知りませんが、とても住めた代物ではなかったそうな。それと切見世の抱え主になった折りになにがしか金子を使ったはずです。わっしが知る費消はこの二度ですよ」

杵蔵が言い切った。

切見世の買い値がいくらか杵蔵は知らぬ様子だった。

「半年前ですか、うちの旦那がなんと羅生門河岸などに六軒も切見世を持ってい

ると聞かされてびっくり仰天しましたな」

「だれぞの口利きがあってのことでしょうかな」

「はい。その前にお話ししておくことがあります」

と杵蔵が言った。

「なんでしょうな」

「四郎兵衛様、おまえ様に関わりがあることですよ」

「ほう、私に」

「へえ、うちの旦那が切見世を買ったのはそなた様に関わりがあるとみています」

「切見世とこの四郎兵衛に関わりがある」

と四郎兵衛が首を捻った。

「いえ、関わりがあるのは裏同心の神守幹次郎様ですよ。

一年半ほど前かね、うちの旦那が珍しく五丁町の町名主の名を持ち出して、長年吉原会所を差配してきた七代目は隠居する決心をしたそうな、その後がまに裏同心の神守幹次郎様を考えておられるとか、とわっしに漏らしたことがありますのさ。

いいですかえ、旦那も女将さんも金儲けしか頭にない。そんな主が『吉原は大きく変わるぞ、杵蔵』と告げた直後、切見世の抱え主になったとわっしはみています」

「いかにも、神守幹次郎を八代目にしたいと七代目が五丁町の町名主に提案したところ、何人かの町名主に強く反対されましてな」

「立ち消えになったどころか、神守幹次郎様はなんぞ不正をなしたとか、一年だかの謹慎が命じられて姿が吉原から消えましたな。

その折り、旦那は愕然としていましたよ。ところがしばらくすると二軒目の切見世の抱え主になった。わっしはね、旦那がなぜ吉原会所の代替わりを気にかけるか、不思議でしょうがありませんでしたよ。で、旦那の機嫌のいいときに、そのことを訊きますとな、七代目の四郎兵衛様は、神守幹次郎様を八代目にすることを諦めてなんかいない、という答えでした。どこからの情報でしょうな」

と杵蔵は首を捻って四郎兵衛の反応を見た。

「それでわっしが主に、裏同心の旦那が八代目になったら、なにか変わるかと訊いたら、『あの裏同心が吉原会所の頭取になったら、直ぐに吉原の改善を始めるよ。それも表通りの五丁町から手入れをするんじゃないぞ、杵蔵。あの御仁ならば、必ず吉原の吹き溜まり、ごみ溜めと呼ばれる河岸見世、切見世から手をつける。その折りにはね、切見世が五丁町並みになる。つまりうちは河岸見世にいくつも妓楼を持つことになる』って言われましてな。わっしはぶっ魂消ました、そんな話がありますかえ」

「なにを驚かれましたな、杵蔵さん」

「そりゃ、うちの旦那はそんな話をする人ではありませんからね」

と言った杵蔵が、

「裏同心の旦那は、謹慎うんぬんの間に京の花街に修業に行かされていたそうな。真ですかね」

四郎兵衛は黙って頷いた。

「驚いたのは京から神守の旦那が吉原に戻ってくる前に七代目の四郎兵衛様が何者かに殺されたことだ。旦那は、その折りも、ううん、もはや裏同心の神守様が八代目に就くことはないか、ということは切見世が五丁町並みになることはないか、とがっかりしておりましたな」

杵蔵はしばらく沈黙して四郎兵衛の反応を上目遣いに見た。

「だが、京から戻ってきた神守幹次郎様、おまえ様は八代目にあっさりと就かれましたな。旦那は、おまえ様、神守の旦那の吉原会所頭取八代目就任に欣喜雀《きんきじやく》躍《やく》しましたぜ」

「こちらも驚きましたな。まさか揚屋町の壱楽楼の主が、神守幹次郎が八代目に就くことを大喜びしたなんて夢想もしませんでしたな」

四郎兵衛は喜びの背後に控える人物と動機を考えた。

「何度も言いますが、旦那の道楽は金儲けです。神守幹次郎様が八代目四郎兵衛に代わって切見世が大きく変わる。旦那がわっしに、『切見世を何軒も持っているこの太吉は、官許の吉原の妓楼を何軒も持つ主になる』と大喜びでございましてな」

「そんな話がございますので」

「違いますので」

杵蔵が突っ込んだ。

「さようなことをこちらの主が考えられた」

「いえ、最前も旦那は金儲けしか頭にないと繰り返し言いましたな。そんな考えを吹き込んだのは切見世の抱え主になることを勧めた人物かと思います」

「どなたですな」

杵蔵は首を曖昧《あいまい》に振った。

しばし間を置いた四郎兵衛は袖に片腕を突っ込み、

「その名、五両で買いましょう」

「ううーん」

と杵蔵が唸った。

「わっしは聞かされていません。この一件に関して旦那の口は堅くてね」

「女将さんはどうです」

「女将さんはわっし同様、知らされていませんな」

と含みのある口調で杵蔵が言い、

「ふた月ほど前、主夫婦、小梅村のぼろ家を大がかりに手入れして別邸にしました。ここのところ旦那と女将さんはしばしば小梅村に泊まられます。吉原に戻ってきた日はご機嫌ですな、明日にも旦那を口説《くど》き落として、切見世を買わせた御仁の名を聞き出します。一日、待ってくれませんか、四郎兵衛様」

と杵蔵が約定し、

「その名を告げた折り、五両ではいささか足りませんな。四郎兵衛様、十両用意してくれませんか。その価値はあると思いますぞ」

「相手のことを杵蔵さんは知らぬと言われましたな。十両に値するかどうか分かりますまい」

「たしかにわっしは名を知りません。ですがね、厄介な人物であることは間違いない、たしかですぞ」

「どういうことですな」

「女将さんがね、つい最近のことです、亭主が頼りにする相手は難儀な相手だと漏らしたことがある。それで、女将さんに、どうして危ないと思うんですね、と訊くと、『杵蔵、それを知るとおまえさんも厄介に巻き込まれるよ』と真顔で言いました」

「最前、女将さんは知らぬと言われませんでしたかな」

「はい。旦那は女将さんにも相手と会わせてはない。

ところがつい先夜のことです。女将さんは小梅村から徒歩で吉原に戻ろうとしたそうな。吾妻橋を渡っている折り、ふと船着場を見ると偶然にも屋根船に乗り込む亭主を見て、声をかけようかどうか迷ったとか。

亭主が夜出かけるなんてありえない。だって妓楼と切見世の上がりは、帳場《ちょうば》に入りますからな。夜見世の間は、旦那か女将さんが帳場におられます。

訝しく思っていると屋根船が上流に向かって上《のぼ》っていったそうな。亭主はどこに行くのだろうと女将さんは橋の欄干《らんかん》の傍に佇んで見ていると、船から悲鳴が上がって、障子戸が、ぱあっと血しぶきに染まり、障子が開くとやくざ風情と思しき男が屋根船から流れに落とされた。

女将さんは仰天して、殺された人物が亭主ではないか凝視したそうな。骸《むくろ》が橋下に流れてきて亭主ではないことを知った。

その夜に戻ってきた旦那は無口でなにかに脅《おび》えている様子があったそうです」

「そんな相手だとしたら杵蔵さん、そう容易く相手のことなど漏らしますまい」

「いえ、旦那の弱みもわっしは知っていますからな、なんとしても名を聞き出します」

と杵蔵が言い切り、

「四郎兵衛様、名を告げる折りは十両と引き換えですぞ」

と険しい表情で言い添えた。

「これがね、杵蔵の話です」

と締めくくった四郎兵衛を見た仙右衛門は、長いこと壱楽楼の番頭杵蔵の話を吟味《ぎんみ》しているのか沈黙していた。

「四郎兵衛様、たしかに壱楽楼の太吉さんは厄介な相手に引っかかりましたな」

「番方、壱楽楼だけではございませんぞ。この一件、吉原会所に厄介が及びませんかな」

「会所というか、八代目四郎兵衛様に関わりがありそうな」

「私、さような面々の知り合いはおりませんがな」

「いえ、八代目の知り合いと言うてはおりませんぞ。その輩は、最後に四郎兵衛様の吉原改革を利得にしようと狙っておりませんか。ところで切見世を五丁町並みに変えるお考えが四郎兵衛様にはございますので」

「番方、切見世を五丁町並みにするのは、五丁町の妓楼や引手茶屋の主から激しい反対がございましょう。私とて、二の足を踏む企てですな。それを壱楽楼の主の背後にいる人物は、願っておりますかな」

番方が腕組みして沈思した。

「廓内のどこからか話が漏れているとは思われませんか」

「はい、それは感じます。未だ吉原の改革は、五丁町の町名主も全容を分からずにおりましょう。この四郎兵衛とてはっきりと決まった策は未だございませんでな」

「町名主の七人にはそれぞれ思惑がありましょう。それを迂闊にもか、意図してか表に出す者がおるとは思いませんか。八代目の考えがまとまったら、わっしにも教えてくだされ」

と仙右衛門が願った。

「むろんそうしますでな」

だが、吉原の改革の骨格は未だ四郎兵衛にも思いつかなかった。漠然とした企てがあるとしたら、羅生門河岸や西河岸の河岸見世の改善策と、五十間道のあみがさ屋の土地を四郎兵衛が買い取る相談が合意に達していることだ。だが、こちらは未だ番方にすら話していなかった。

八代目、と仙右衛門が腕組みを解いて四郎兵衛を見た。

「明日、壱楽楼の主夫婦が揚屋町に戻ってくる前に、大門前で夫婦をとっ捕まえて吉原会所で四郎兵衛様が直に話をお聞きになりませんかえ」

「番頭の杵蔵さんが主夫婦と話す前ですかな、杵蔵さんがどう思いましょうな」

「この際、杵蔵さんのほうはどうとでも対応することができますぜ。それより妓楼の主夫婦に話を聞くのが優先されましょう。その話次第で杵蔵さんにそれなりの金子を会所から払ってもよい」

四郎兵衛も熟慮した。その上で、

「番方、今晩、こちらに泊まります」

と言外に番方の考えに乗ることにした返答をした。

「今晩はどちらが吉原会所泊まりでしたかな。当分は、わっしらふたり、家には戻れそうにございませんな」

と仙右衛門が苦笑いした。

「気分を変えとうございますな、となると夜廻りに出とうなりました」

四郎兵衛は陰の人、裏同心の姿に形を変えた。

そんな様子を番方が黙って見ていた。

吉原会所の裏口を出ようとすると澄乃と遠助が夜廻りから戻ってきた。

「おや、これから見廻りですか」

「その様子だと、どうやら廓内に異変はなさそうだな」

「ございません」

と答えた澄乃が幹次郎に同行しようか、という表情で幹次郎を見た。

「それがし、気分転換でな、廓内を独りあちらこちらと歩いているほうが思案もつくのだ」

と断わった。

そんな神守幹次郎の背を女裏同心の嶋村澄乃と遠助が見送った。

幹次郎は蜘蛛道から西河岸に向かって歩きながら、御免色里の五丁町を取り囲むようにある羅生門河岸や西河岸の切見世を吉原会所が買い上げる企てを思いついた。京二ノ湯の百太郎とお亀夫婦が持つ四軒の切見世を売りたいという言葉が頭に残っていたからだ。

吉原会所が切見世をすべて買い取ることは金銭的には造作《ぞうさ》はない。だが、壱楽楼や複数の切見世を持つ他の抱え主は抗うかもしれないと思った。

「切見世を吉原会所が所持する企てと、河岸見世を五丁町並みに格上げする思案とどう違うか、考えながら歩を進めていた。

不意に袖を引っ張られた。

幹次郎は無言で立ち止まり、この切見世の女郎はだれかと一瞬迷った。

「おくに姐さん、西河岸の暮らしに慣れませんかな」

幹次郎の声音に、はっとした女郎が、

「神守様でしたか、申し訳ございませんな」

と袖を離した。

三月前、江戸町二丁目の半籬《はんまがき》(中見世《ちゆうみせ》)から落ちてきたおくにが狼狽した声で詫びた。

「詫びる要はない。それがしも、もうひとりの人物になり切れんで戸惑っておる。ゆえに裏同心に戻って体を動かしておるところだ。なんぞ困ったことがあれば、吉原会所に遊びに来なされ」

と言うと西河岸を開運稲荷に向かって歩き始めた。

三

翌未明、幹次郎は天女池にて木刀の素振りをして強張《こわば》った体を解し、五畿内摂津《ごきないせっつ》津田近江守助直《つだおうみのかみすけなお》に替えて、眼志流《がんしりゆう》の居合術《いあい》をゆったりと繰り返した。

このところ吉原会所の御用部屋で夜を過ごすことが多くなっていた。それは一人二役を務めざるを得なくなったときから、覚悟の前だった。だが、吉原会所の頭取に圧《の》しかかる用事が裏同心神守幹次郎の心身にまで影響を及ぼして、無念無《むねんむ》想《そう》で朝を迎えることができなくなっていた。

幹次郎は、

「横霞《よこがす》み」

と技の名を唱《とな》えて助直をゆったりと抜き打った。

居合術において速く抜くのは剣術の心得のある者にはさほど難しいことではない。だが、最初に柄に手を掛ける瞬間から抜き放って虚空に残心《ざんしん》の構えを取るまでゆったりと同じ速度で技を実行するのは至難《しなん》といえた。

心身を集中し、動きを速めることなく緩めることなく使えるかは幹次郎にとって、その瞬間の体調と心の状態が左右した。

いくたびもぎくしゃくした動きを繰り返し、改めて気持ちを引き締めて挑戦すること何回目だろう。ようやく満足のいく、横霞みのゆったりとした動きが安定したとき、すでに朝が訪れていた。

助直を鞘に納め、野地蔵の前で合掌するといつもの神守幹次郎だと自ら認識した。

廓は泊まり客を送り出し、遊女たちは二度寝をしている刻限だ。

蜘蛛道を伝い、表通りに出た。すると御免色里の表通り仲之町に野菜や季節の花を売る土地《ところ》の女衆が店を出していた。

「お早うござる」

と声をかけた幹次郎は菊の花に目を留めて、

「仏様に上げたい、菊をもらおうか」

と願った。

長年の顔見知りの百姓女が、

「はいはい、畏まりました」

と応じて黄色と白の花束を手早く誂えてくれた。

「すまぬ、ただ今金子の持ち合わせがない。若い衆に届けさせるがそれでよいか」

と願った神守幹次郎はふたたび蜘蛛道から吉原会所の裏口に入った。

「おや、珍しいですね、花を買われましたか」

と金次が言った。

「すまんが花売りの女衆に花代を届けてくれぬか」

と御用部屋に入った幹次郎は一朱を握ると裏口に回り、金次に渡した。

ふたたび御用部屋に戻った幹次郎が、自分の代になって御用部屋の片隅に設け

た仏壇の前に花を捧げようとすると、

「神守様、花をお貸しくだされ。花瓶に活けてきます」

と澄乃が言った。

「おお、願おう」

と菊の花束を渡した幹次郎は仏壇の前に線香を手向《たむ》けて、七代目四郎兵衛や御用で身罷った吉原会所の若い衆らの顔を思い出していた。そこへ花瓶に活けられたみずみずしい菊の花が届けられた。

仏壇に供えられた菊の花と線香に改めて幹次郎と澄乃は手を合わせた。

「柘榴の家に変わりはないか」

「ご安心くださいまし、お変わりはございません」

との澄乃の言葉を聞いた幹次郎は頷くと、その足で引手茶屋山口巴屋の湯殿に向かった。

湯に浸かり、本日なすべきことを胸の中で改めた。

八代目四郎兵衛に就いて、頭取の御用に、

「終わり」

がないことを悟った。神守幹次郎が陰の人、裏同心の役目を務めている折りは、

どのように遅くとも柘榴の家へと夜道を辿《たど》りながら、

(ああ、今日も一日が終わった)

と考えるときがあった。

だが、御用部屋で寝起きする四郎兵衛にはその考えが浮かばず、昨日の続きを引きずって朝を迎えるのだ。ために天女池に行き、独り稽古をし、百姓の女衆から仏壇の花を買って気分を改めるよう努めたのだ。

湯に浸かり、両手で湯を掬《すく》って顔をこすったとき、脱衣場に人の気配がした。澄乃が、四郎兵衛の衣服を持参したのだろうと思えば、

「神守様、御用にございます」

と澄乃の険しい声がした。

「揚屋町の壱楽楼の番頭杵蔵さんがお見えです」

と言った。

「直ぐに御用部屋に戻る」

と応じた幹次郎は湯船から上がった。かかり湯を使った幹次郎が脱衣場に出ると神守幹次郎の衣服が用意されていた。

澄乃は女裏同心の勘で四郎兵衛ではなく幹次郎の衣服と脇差を用意していた。

もし杵蔵が御用の内容を告げたのであれば、そのことを伝えるはずだった。

幹次郎は衣服を着ると帯に脇差を挟みながら無心を装い、御用部屋に戻った。

菊の花が香る御用部屋に番方の仙右衛門と壱楽楼の番頭杵蔵が無言で向き合っていた。澄乃は、座敷に入らず廊下に控えていた。

幹次郎はちらりと菊の花に視線をやると、杵蔵に向き合うように座した。すると老練な番頭の五体が震えているのが分かった。

「杵蔵さん、お待たせしましたな、話をお聞きしましょうかな」

と静かな口調で願うと杵蔵が真っ青な顔を幹次郎に向けた。

「小梅村から通いの男衆が楼に来ました」

声も震えていた。

無言で幹次郎は話を続けよと命じた。

「男衆が言うには、主の太吉と女将さんのお千枝さんが殺されたというのです」

杵蔵が胸に溜まっていた思いを吐き出すように言い、

「なんと主夫婦が殺されたと言うか」

と仙右衛門が漏らした。

「へえ、男衆が別邸を訪ねると戸が開かれたままで、声をかけると、しーんとしてだれも答えないというんで土間から座敷を覗いたそうな。すると行灯《あんどん》が点ったままで、住み込みの小女《こおんな》の勝代《かつよ》が血まみれで斃《たお》れていて、奥座敷にふたりがやはり血まみれで転がっていたとか。

男衆は三人が死んでいるのをしっかりと確かめて、なんぞあれば吉原の揚屋町の楼に知らせよと命じられていることを思い出し、最前うちに飛び込んできたのでございますよ」

と一気に告げると杵蔵は、

「真の話でしょうか」

幹次郎にとも仙右衛門にともつかず問うた。

「男衆はいい加減な人かえ」

と番方が質した。

「初めて会う男衆ですよ、名前も知りませんや。ですが、朝の間からわざわざうちに告げに来て戯言とは思えません。そんなわけでわっしも男衆の言うことを信じて、こちらに知らせに上がりましたのさ」

「男衆はどこにいなさる」

「楼に待たせてございます」

の声を聞いたとき、澄乃が、

「こちらに連れて参ります」

と飛び出していった。


四半刻後、神守幹次郎と澄乃に金次の三人に男衆の寛八《かんぱち》を乗せた猪牙舟が今戸橋の船宿牡丹屋の船着場を離れた。

事実を確かめることが先決だと、幹次郎と仙右衛門のふたりは阿吽《あうん》の呼吸で察した。

吉原会所から牡丹屋に急ぐ道々、名前を質して寛八と知ると、改めて子細を質した。だが、番頭の杵蔵以上の話は寛八の口から出なかった。

「間違いねえ、主夫婦と小女の勝代が斬られて死んでいた、家の中は血だらけだ」

と繰り返すばかりだ。

「このこと、だれぞに話して吉原に駆け込みなされたか」

と幹次郎が質した。

「そんな余裕はねえよ、ともかく楼に知らせるのが先だと思ったんだ」

「おまえさんは別宅の主が吉原の妓楼の主と承知していたのだな」

「もちろんでさあ、あの家はおれの持物だったんだぞ。吉原の住人にしたら隅田川を下りもせず上りもせず横に行った先が竹屋ノ渡し場だ。その近くにある三《み》囲社《めぐりしゃ》の後ろのわっしの持家を十三両で手放したんだ、吉原に近くていい場所をわずか十三両でよ」

　寛八は幹次郎の知らぬ事実を告げた。

「さようか、そなたの持家であったか。ならば沽券なんぞを交わすで太吉さんがなんの商売をしているか知っていたわけだ」

「そういうことだ」

　と言い切った。

「家を売ったあと、通いの男衆になったのはおまえさんから願ったかな」

「いや、太吉の旦那からだ。ボロ家を改装する費えが直ぐにはないんでよ、当分、そのままにしておくから、時折り風を入れてくれないかと願われ、月々二朱の手間賃でやっていたのさ」

「改装の普請は最近のことだね」

「へえ、出来上がったのはついふた月前かね、普請に三月かかりましたよ。わっしの知り合いの大工が手がけたのさ」

「普請代はいくらかね」

「そりゃ、知らねえや、かなりの額であることはたしかだろう。ともかく、大工の留吉《とめきち》さんは施主《せしゅ》が金子には細かいと言うし、反対に太吉さんは普請代が法外と言うし、どっちが正しいか知らねえが、わっしは大工の留さんの言い分を取るね」

と言い切った。

「一年半前、そなたの家を太吉さんはわずか十三両で購ったが、古家を手入れする費えは持ってなかった。それがおよそ一年後にそれなりの金子でそなたの知り合いの大工と折り合ったわけだな」

「おお、吉原はこのご時世、景気が悪いと聞いたがね」

「決してよくないな」

と幹次郎が応じたところで政吉船頭の猪牙舟は、竹屋ノ渡し場の傍らに着けられた。

「政吉さん、しばし待ってもらえますか」

と澄乃が願い、

「念押しは要らないや」

と政吉が答えた。

妓楼壱楽楼の別宅はたしかに三囲社の東側にあった。ところが大勢が出入りしている気配で、寛八を見ると、

「親分、寛八の野郎が戻ってきましたぜ。きりきり縛り上げますかえ」

と御用聞きの子分らしき風体の若い衆が叫んだ。

「なに、野郎が戻っただと」

と御用聞きの声が応じて十手を手に構えた壮年《そうねん》の男が飛び出してきた。子分も子分ならば親分も親分だ。

「寛八、三人殺《あや》めて、どこへ逃げてやがった」

「北割下水の親分よ、わっしがなにをしたってんだ」

と寛八が応じた。

「おめえが殺したんじゃねえのか」

「冗談はよしてくんな。おりゃ、いつものように昔のおれの家に風を入れようと寄ったら、戸が開いててよ、行灯が点っていてよ、小女の勝代と主夫婦が血まみれで死んでいるじゃねえか。びっくりしてよ、川向こうの吉原に告げに走ったん

だよ」

「吉原って廓だな、この家の今の持ち主は、吉原の住人か」

「おお、揚屋町の壱楽楼の太吉さんがおれからこの家を買ったお方だ」

「寛八、人が三人も殺されているのを見たなら、なぜおれに知らせねえ」

「親分さんよ、おりゃ、妓楼に知らせることばかり考えてよ、思いもつかなかったんだ。おりゃ、人殺しなんてしてないぜ」

事情が分かった寛八が平静な声で応じた。

「たしかだな」

「おお、おれが吉原に飛んでいって妓楼に告げるとよ、吉原会所に連れていかれてよ、事情を話して戻ってきたところよ」

北割下水の親分が幹次郎を見た。

「おめえさんは吉原会所の者か」

「親分さん、いかにもさようでござる」

「吉原会所の裏同心というのはおめえさんか」

幹次郎が頷き、澄乃が、

「親分さん、神守幹次郎様は、ただ今官許の廓、吉原会所の八代目頭取四郎兵衛様でもあります」

と告げた。

「おお、吉原会所の頭取が代わったというのは噂に聞いた。おめえさんが裏同心と頭取の二役ね。で、なんの用事で寛八に従ってきなさった」

「親分、そなた、手札は北町かな南町かな」

と幹次郎が御用聞きの問いには答えず反問した。

「南町奉行直属の隠密廻り同心瀬口竹之丞《せぐちたけのじょう》様よ、それがどうしたえ」

「それがし、南町の隠密廻り村崎季光様とはお互い助勢し合って御用を務めておる。また定町廻り同心の桑平市松様と昵懇の間柄だ」

「それがどうしたんだ、裏同心の旦那よ」

「なんの用事で寛八どのに付き添ってきたとの問いにござったな。身罷った壱楽楼の主は、廓内の御用で、このところいささか気にかけていた人物でな。その者が殺されたかもしれぬとの情報に小梅村まで出張《でば》って参ったのだ。経緯、相分かられたな」

「なに、この家の主はなんぞやらかしたか。どんな疑いがかかっているのだな」

「北割下水の親分どの、探索は未だはっきりせぬでな、話はできぬ。許されよ」

「吉原は廓内で御用を務めていればよかろうに、小梅村まで出かけてきて、なにをしようというんだな。いささか越権《えつけん》だぞ」

「まず三人の死の因を見たいのだ。親分とて、寛八どのに疑いをかけられたようだが、血まみれの骸を見れば、寛八どのが殺したかどうか、分かろうではないか。親分、三人の骸を観察させてくれぬか」

「ダメだな。ただ今瀬口様を呼びに行かせておるのだ。瀬口様に見せぬうちに吉原会所の裏同心風情に見せられるか。寛八が下手人《げしゅにん》かどうかは、瀬口様がお決めになることだ」

と北割下水の親分が喚いた。

「専之助《せんのすけ》、大声を張り上げるんじゃねえよ。小梅村じゅうに聞こえるじゃねえか」

と若い声がして着流しに巻羽織の若い同心が姿を見せた。

親分の名は専之助というのか。どうやら幹次郎と北割下水の専之助親分の問答を近くで南町の同心は聞いていたと思えた。

「おや、本日は神守幹次郎様の形ですかな。それがし、専之助が叫んだように隠密廻りをつい先年父より引き継いで務めておる、新参者の瀬口竹之丞にござる。

神守様については、桑平様からも村崎様からもあれこれと聞き及んでおりますよ」

「怖い言葉でございますな」

「怖いのはわれらでしょう。南町奉行の池田長恵《いけだながしげ》様も、お城の上《うえ》っ方《かた》にも知り合いのおられる吉原裏同心どのは扱いに困ると申されておるそうな。そのお方が、なんと御免色里を支配する八代目頭取に就かれた。町奉行の同心風情では、太刀《たち》打《う》ちできませんぞ」

と瀬口同心が笑みの顔で言った。

幹次郎も驚いた。

同じ南町の隠密廻り同心とはいえ、村崎季光のような吉原会所に飼いならされた役人もいれば、瀬口竹之丞のような爽《さわ》やかな雰囲気の同心もいたのだ。

「神守どの、三人が殺されたと聞きましたが、いっしょに検死《けんし》しませぬかな」

「有難い。瀬口どの、それがしの同輩、嶋村澄乃にも骸を見せてやってくれませぬか」

「女裏同心な、いいでしょう。妓楼の騒ぎにこたびの殺しが関わりあると神守どのはみられましたかな」

「いかにもさよう」

幹次郎の返答に瀬口が頷き、揚屋町の小見世壱楽楼の別宅に南町奉行所隠密廻り同心と幹次郎らは入った。

壱楽楼の太吉、千枝、そして小女の勝代の骸は、最初の発見者寛八が認めたようにどれもが血まみれであった。一見、剣術家の仕業とは思えぬ乱暴な斬り傷だが、死因はただの一撃、右首筋を深々と抉《えぐ》り、切っ先を最後には撥《は》ね上げた特異なもので手練《てだ》れの者の荒技と考えられた。

瀬口同心もそのことに気づいていた。そして、なにか考えている風があった。

「神守どの、骸を見てどう思われますか」

「物盗り、押込み強盗の仕業とは思われませぬ」

「吉原でただ今起きている騒ぎと関わりがあると思われますかな」

「瀬口どの、勘に過ぎませぬ。それがし、吉原の出来事と関わりがあることを恐れております」

「神守どの、話をお聞かせ願えませぬか」

「むろんです、承知しました」

「おや、即答にございますか」

と瀬口が幹次郎の顔を見た。

「陰の人、裏同心の折りは、物事、七代目四郎兵衛様なり、番方に相談する暇を要しました。ですが、ただ今は」

「その要はございませんな。神守幹次郎どのは四郎兵衛様でもある」

「はい」

と応じた幹次郎は、澄乃に、

「政吉船頭と金次といっしょに吉原に戻っておりなされ。それがし、お聞きのように瀬口どのとしばらく話をしていきますでな」

と同輩の澄乃らを吉原に戻した。むろんこの殺しを受けて、澄乃らに壱楽楼の内情を南町の隠密廻り同心に先んじて調べさせるためだ。

「畏まりました」

と受けた澄乃は幹次郎の隠された意図を察する表情だった。

四

「間に合った」

と大番屋に神守幹次郎を伴い、独り船を降りた瀬口竹之丞は番屋の役人と話していたが神守幹次郎を振り向き、叫んだ。

なにに間に合ったか、幹次郎には分からなかった。

小梅村から江戸へと向かう御用船の中で南町奉行所隠密廻り同心に幹次郎は、官許の遊里吉原の切見世についての奇妙な動きを説明した。

話を聞いた瀬口同心は、

「町奉行所隠密廻りが吉原の面番所を差配していることをそれがしもむろん承知しています。だが、瀬口家は代々奉行直属の密偵のごとき職務でしてな、わが同輩が甘い汁を吉原会所から頂戴して骨抜きになっていることは承知でも、廓の中は全く無知でござった。

さようですか、吉原には五丁町の大籬を筆頭に何百軒もの妓楼や引手茶屋の他に切見世なる下級の女郎がおる場所がありますか」

と若い同心は自分の無知を正直にさらけ出した。生真面目な性格なのだろう。

「吉原は鉄漿溝と高塀に取り囲まれて遊女たちが表に逃げ出さないようにしてございます。その内側に西河岸とか、羅生門河岸と呼ばれる河岸見世がありまして、一ト切百文で女郎と遊べる場所がぐるりと連なっています。この河岸見世は、五丁町の妓楼や引手茶屋にとって全く関わりがない廓といってようございましょう。とは申せ、この河岸見世の女郎の大半は、五丁町にて勤め、歳を食って客を取れなくなって落ちてきた者です。知らぬふりしても五丁町と切見世の繫《つな》がりはあるのです」

「なんと百文で女郎を抱ける場所がございますか。それがし、隠密廻りを務めながらさようなことは全く知りませんでした」

「いえ、われら吉原会所とて五丁町の妓楼と河岸見世の切見世は関わりなきものとして扱ってきたのです。

瀬口どのの同輩村崎どのは長年面番所に勤めておられますが、切見世が並ぶ河岸見世に足を踏み入れたことがあるかどうか。さように格別な場です」

「神守どのが吉原会所の八代目頭取に就いて最初に手をつけたのがそんな切見世のどぶ浚えと排水口の設置じゃそうな」

なにも吉原について知らぬと言った瀬口がかようなことを口にしたので幹次郎は驚いた。

「いえね、面番所に関わりを持つ同心が噂をしているのを奉行所で小耳に挟んだだけのことです」

と真かどうか、あっさりと若い同心が告白した。

「それがし、先代と異なり、引手茶屋や廓外に料理茶屋などを持つなど廓者ではござらぬ。ご存じかどうか、金子と無縁な裏同心上がりです、表通りの仲之町に手をつけようにもまず金子を持っておりませぬ。そんなわけで御免色里の吹き溜まりの切見世から手をつけるしかなかったのです」

「なんと申されましたな、待ってくだされ。吉原会所の代々の頭取は、分限者でなければ務まりませぬか」

「それがしも己が八代目に就かされて初めて吉原会所の内情を知りました。会所の銭箱には三百五十七両二分一朱と百三十文の金子しかございませんでした。小商いの見世ではございませんぞ。吉原の妓楼や引手茶屋を差配する会所の持ち金です」

「理解できませぬな、神守どのの言い分」

「つまり先代の四郎兵衛様は身銭を切って吉原会所頭取の体面を保ち、御用を務めておられたのです」

「おお、やっと分かりました。一夜千両の御免色里を実質支配する吉原会所にたった四百両足らずの持ち金しかなかったと申されますか」

いかにもさよう、と幹次郎が答えると瀬口同心がなんとも微妙な表情を見せた。

「それがし、身銭を切ろうにも持ち合わせがございません。ゆえに切見世を少しでもきれいにするどぶ浚えから改革を始めました」

「驚きましたな」

とようやく漏らした瀬口が、

「そんな切見世の抱え主になって、その者たちはなにをしようと考えておるのです」

と話柄を変えた。

「揚屋町の壱楽楼の主と話したくて昨日訪ねましたが、主も女将さんも吉原を留守にしておりましてな。そこで老練な番頭杵蔵から話を聞こうとしましたが、主が主ならば番頭も番頭、話代を過分に要求されました。それによりますと、主の太吉が漏らしたことや、小耳に挟んで知ったことを思案するに、それがしが八代目に就くかどうか町名主が揉めていた折り、一年数月前から、裏同心の神守幹次郎が八代目に就くと、切見世の改革からまず手をつけよう、それがしの狙いは河岸見世を五丁町並みに昇格させることだ。つまり切見世の抱え主は五丁町並みの扱いになると考えた人物が、壱楽楼の主の背後に控えているそうな。その人物については杵蔵も知らぬとか。ついでに申し上げると、羅生門河岸に三軒、西河岸に一軒の切見世を持つ京二ノ湯の主は、かようなことは全く存じませんでしたな。こちらは、それがしが直に主の百太郎と内儀のお亀と話しましたゆえ、間違いなかろうと思います」

ふっ、と瀬口が大きな息をした。

「壱楽楼と湯屋の主の他に切見世をいくつも持つ抱え主はいませんかな」

「おります。この者たちの他に西河岸に二軒、羅生門河岸に二軒、切見世を所持している者がいるようですが、廓内の住人ではありませんでな。剣術家風の浪人が上がりを集めに来るそうです。それがしもこの者と会っておりません」

「この者が壱楽楼の主を唆《そそのか》した。そして、なにか揉めごとが生じて夫婦と小女を殺したということは考えられますか」

「それはなんともただ今の段階では申し上げられませぬ。この一件、番方は承知ですが、吉原会所全体で共有しておりません。こんなところが数日前からの動きです。それがしの勘と断わった上でなら、浪人者の背後にいる人物がこたびの騒ぎの鍵を握っているかと思われます」

すでに御用船は日本橋川《にほんばしがわ》に入っていた。

「神守どの、切見世が五丁町並みに昇格するといって、廓の住人の他は関心を持つとは思えませんな。この三人殺しの背後には、神守どのも知らぬ事情がある」

「それがしもさよう考えております」

と幹次郎が言ったときに、御用船が大番屋の船着場に舳先を寄せた。

幹次郎を御用船に待たせた瀬口同心がてきぱきとした身動きで大番屋の入り口に立つ役人と話し、御用船を振り返り、

「間に合った」

と幹次郎に言ったのだ。

が、直ぐには「間に合った」とはなんであるか思いつかなかった。幹次郎のところに戻ってきた瀬口同心が、

「神守どの、最前見た三人の骸の致命傷となった斬り傷でござるが、それがし、あの残忍な傷を偶さか知っておるのです」

「どういうことですな」

「つい先日、大川の新大橋《しんおおはし》下、右岸の岸辺に花火《はなび》の朋吉《ともきち》って渡世人《とせいにん》の骸が浮いておりましてな、こちら大番屋に運ばれてきて役人のひとりが花火の朋吉と顔見知りでした。小伝馬町《こでんまちょう》の牢屋敷に幾たびかしゃがんだことがある小悪党です」

と言った瀬口同心が神守幹次郎を大番屋の奥にある遺体を保存すると思しき部屋に案内していった。

「神守どの、手拭いがあれば鼻孔《びこう》を塞《ふさ》がれよ」

と忠言してくれた。

頷いてその言葉に従ったが、土間の筵《むしろ》に寝かされた花火の朋吉は、すでに腐敗が始まっていて手拭いで鼻孔を押さえたくらいでは異臭を防ぎ得なかった。

瀬口同心が骸の首筋の傷を指した。

幹次郎も骸を挟んで瀬口同心と向き合うように腰を下ろして傷を行灯の灯りで子細に見た。たしかに太吉ら三人の刎《は》ね傷と似通っていた。

手拭いで鼻孔を押さえた瀬口同心が、

(どうだ)

と問うていた。

無言で頷き合ったふたりは骸の置かれた部屋から出た。

「あとは運ばれてくる三人の傷を大番屋の検死医がどうみるか」

と手拭いを鼻から外した瀬口同心が言った。

大番屋の外に出て神守幹次郎も大きく息を吸った。

「さすがに吉原会所の裏同心を何年も続けてこられた神守どのだ、骸にも慣れておられる」

「いえ、腐敗した骸には滅多に接することはございません。瀬口どのの忠言、有難かった」

と礼を述べた。

「おそらく壱楽楼の三人と花火の朋吉を刎ね斬った下手人は同一人物と考えて間違いないでしょうな」

と瀬口が幹次郎に念押しした。

「まずこの刎ね傷は独特です、手練れの仕業でござろう。瀬口同心どのの勘は当たっておりましょう」

「となると吉原会所と南町奉行所はこたびの殺し、互いに協力して下手人を引っ捕らえるということで宜しいですかな」

「吉原会所としましては有難い申し出でございます」

まずかような場合、いくら御免色里とはいえ、吉原会所が町奉行所隠密廻り支配下にあることを理由に町奉行所が探索の全権を握って会所は排除されることが多い。

「神守どの、それがしが尊敬する定町廻り同心桑平市松様に知恵を借りようと思いますが、この件、いかがかな」

「全く異存はござらぬ」

と応じた幹次郎は、

「これより吉原に戻り、壱楽楼を改めて調べまする。新たなことが判明しましたら、ご同僚の村崎同心に伝えまするか」

「おや、神守どのはお人が悪い。こたびの一件、村崎同心だけには首を突っ込んでもらいたくございませんな」

と瀬口同心が真面目な顔で言い切った。

日本橋川から通りがかりの猪牙舟を調達し、今戸橋で下りると牡丹屋の見習い船頭磯次が、

「日本橋川の船宿の猪牙だな。なんぞあちらで御用だったか」

と幹次郎に問い、

「おい、磯次、おれたち船頭は相見互《あいみたが》いだ。お侍さんをうちが乗せてきちゃ牡丹屋は迷惑か」

と幹次郎を送ってきた船頭が応じた。

「そんなこと言ってねえよ。吉原会所と牡丹屋は親戚《しんせき》みてえなもんだからよ、ただそう尋ねただけだ」

「なに、このお侍さんは吉原会所の関わりか」

「おお、裏同心神守幹次郎様にしてよ、八代目頭取の四郎兵衛様だよ、知らなかったか」

「おやおや、えれえお方を乗せたもんだな。なにごとか考えごとをしていなさるから、吉原の昼見世にしては辛気臭いなと思っていたところよ」

「それはすまなかったな。今後とも宜しくお付き合いを願おう」

と酒手を含めて代金を幹次郎は払った。

「こりゃ、どうも。わっしは箱崎《はこざき》河岸の船宿梅乃屋《うめのや》の熊五郎《くまごろう》ですよ。四郎兵衛様の折りは、やっぱりその形かね」

「いや、四郎兵衛の折りは姿を変えるな」

「次の折りは四郎兵衛様で乗ってくだせえよ」

熊五郎は言い残すと、今戸橋を潜り猪牙舟は隅田川に出ていった。

「磯次、余計な口出しするから酒手を払う羽目になったぞ」

「なんだよ、おめえさんは四郎兵衛様でもあるだろうが。酒手くらい景気よく払いねえな」

「それがな」

と言いかけた幹次郎は口をつぐむと、日本堤を五十間道の出会いまでとことこと歩いていこうとした。

「神守の旦那よ、見返り柳まで猪牙で送っていこうか。おれならお代も酒手も要らねえぜ」

「磯次、なあなあで商いをしてはならない。政吉爺様に教わらなかったか」

と後ろも振り返らず磯次に言い放つと歩き出した。

見返り柳の前に見番の小吉親方が立っていた。

「そろそろ帰ってきてよい刻限だと思ったよ」

「なんぞ急ぎの用ですかな」

「あみがさ屋一族はすでに五十間道の家から立ち退《の》かれましたぞ。明日四つの刻限、札差筆頭行司伊勢亀方で八代目と会いたいそうな。四郎兵衛様の都合はいかがかな」

「八代目は了解しました、とあみがさ屋の当代にお伝えくだされ」

ふたりは頷き合い、衣紋坂から五十間道に下っていった。


大門前に珍しく面番所の村崎季光同心の姿はなかった。

神守幹次郎は会所の裏口へ回った。だが、吉原会所には入らず蜘蛛道から浄念河岸に出て揚屋町の壱楽楼の暖簾を潜った。

板の間の框に番頭の杵蔵がぽつねんと腰を下ろして、幹次郎を見た。

「うちの女裏同心から小梅村の様子は聞きましたな」

「旦那夫婦が殺されたのはたしかだと知らされました」

と言うところに奥から澄乃が姿を見せた。

「番頭さんに断わって帳場格子《ごうし》を調べておるところです」

「なんぞ訝しい人物が浮かびましたかな」

「いえ、太吉さんは切見世の抱え主になることを勧めた人物について、今のところ一切書き物に残しておりません」

「旦那はこの件についてえらく慎重だったことはたしかだ」

と杵蔵が呟いた。

「さようか、壱楽楼の主夫婦と小梅村の別宅に奉公する小女の三人が無情に殺されたのだ。ただの物盗りとか強盗ではないと思われる」

「神守の旦那、旦那と女将さんはなにをしたから、命を落とすようなことになったのだ」

「それが分かれば探索のきっかけになるがな、こちらになんの書付も残してないとすると厄介だな」

「旦那夫婦が殺された小梅村の一件、切見世の抱え主になったことと関わりがあると言いなさるか」

「その他に思いつくことはござらぬか、番頭どの」

考える真似をした杵蔵が首を横に振った。

「となると切見世の抱えになった一件と関わりがあろう。ところでこのところの壱楽楼の商いはどんな風でしたな」

「切見世の上がりは一日二分もあったんでしょうよ。だけどね、楼の稼ぎは女郎や奉公人の給金でおっつかっつ、ぎりぎりの商いだったね。客は二階に上がるけど泊まりなしの遊び代だ。旦那が切見世なんかに手を出したのは、楼の上がりを補おうと思ってのことだぞ。わっしはさ、旦那が小梅村に家を購い、手入れをした金子はそうやって貯めたんだと思ってますよ」

　と杵蔵が言い切った。

「切見世の上がりはどのくらい残ったのであろうか」

「神守様、念押しはいらないよ。帳場格子の長火鉢にかさこそと一分とか一朱が入っているくらいだろうよ。推量だがね」

　と杵蔵が言い、澄乃が袖から手を出し、袱紗《ふくさ》に包まれた中身をふたりに見せた。なんと包金《つつみきん》ふたつだった。

「どこにあった」

「番頭さんが口にした長火鉢の隠しの中にございました」

「うちに五十両もの大金があった。小梅村には別宅を持っておられた。わっしらの三度三度の菜はひどいもんだ。どうなっているんだ、神守様よ」

　さあてな、と首を捻った幹次郎がふと思いついて、

「壱楽楼の客の中に花火の朋吉って若い衆はいないかな」

「ほう、神守の旦那は、うちの客まで承知かね。おなみがこの楼に入った五月《いつつき》ほど前から女郎のおなみのもとへ通ってくる客だがね。花火の朋吉さんと知り合いかね」

「いや、知り合いではない。もはや朋吉が壱楽楼に上がることはあるまい。杵蔵さん、この朋吉、旦那の太吉さんと知り合いではないか」

うーむ、と応じた杵蔵が、

「将棋が好きとかで、おなみと会ったあと、帳場格子で旦那と将棋を指していくことが何度かあったよ。妓楼に来て、旦那とへぼ将棋なんて、若いわりには妙な客だよ。朋吉さんが来ても旦那とはもはや将棋は指せませんな」

「ああ、ふたりして将棋などできませんな」

と応じた幹次郎が、

「遊女のおなみさんに話が聞きたいのだがな」

と幹次郎が願うと、杵蔵が二階を指した。

「うちにあった包金、どうなるんですな」

「いったん吉原会所が預かり、殺しに関わる金子ならば面番所に引き渡すことになるだろうな」

と幹次郎が答えると、

「ああ、あの村崎同心に渡ったらもはや戻ってこないよ」

と嘆息した。

第五章　外茶屋の秘密

一

おなみは幹次郎が想像したよりも若かった。御免色里に染め上げられた遊女の香りより在所《ざいしょ》から売られてきたばかりのような土くさい素人《しろうと》娘のままだった。壱楽楼では素顔のままで女郎を見世に出していたのか。揚屋町の小見世では妙に吉原慣れした遊女よりこちらのほうが客はついたろうと幹次郎は思った。

「おなみさんだね」

「はい、お客人ですか」

在所訛りでおなみが問い返した。

「それがし、吉原会所の神守幹次郎という者だ」

「はあ」

おなみが訝し気な表情で返事をして幹次郎を見た。

「そなた、吉原に入ったのは近ごろのことかな」

「五月《いつつき》前に買われてきました」

「さようか。おなみさん、それがし、客ではない。そなたに訊きたいことがあるのだ」

おなみは訝しそうな顔で、

「お役人さんですか」

「まあ、遊里吉原会所の役人のようなものだ。そなたの客に花火の朋吉がいたな」

「ああ、朋吉さん、どうしています。昨日、来ると約束していたのに」

おなみの表情が変わった。

「おなみさん、朋吉とはいつからだな」

「いつからって」

「客と遊女としての付き合いを訊いておる」

「ああ、わたしの最初のお客さんでした」

「ということは五月前からか」

「はい」

「朋吉について承知のことを教えてほしいのだがな」

「なにか朋吉さんが悪いことをしでかしたの」

おなみは案じ顔で質した。

「いや、ちと訊きたいことがあってな」

むろんもはや朋吉はこの世の者ではない、骸は大番屋の一室の土間に転がされている。そのことをおなみに告げるのは憚《はばか》られた。

「わたし、江戸のことはよく分かりません。朋吉さんの早口はよく聞き取れません」

「なんの仕事をしているかとか、どこに住んでいるとか言わなかったか」

「仕事は仕立《したて》職人です。住んでいるのは川向こうだそうで、それ以上は知りません」

江戸どころか廓内すらよく知らぬ様子のおなみが答えた。

「わたしより楼の旦那様に訊けば朋吉さんのことが分かるんじゃありません」

「おお、妓楼の主と朋吉は将棋仲間だそうだな」

「はい、わたしより旦那様のほうが古い知り合いです。だから、朋吉さんのことは旦那様がよく承知と思いますよ」

「待て、待ってくれ。そなたより主の太吉が朋吉と前々からの知り合いというのか」

「はい、仕事仲間とか」

このことを番頭の杵蔵も承知していなかった。

太吉は朋吉が「仕事仲間」ということを廓内にも知られたくなくて、総半籬の張見世《はりみせ》でおなみを見初《みそ》めて客として上がったように番頭に思い込ませていたのか。

朋吉は太吉に切見世の抱え主について告げた相手方の仲間と思っていたが、朋吉はなんと太吉の配下だったのではないか。太吉は切見世の抱えになることとは別に、朋吉と儲け仕事を何者か相手にやっていたのだ。切見世の上がりどころか、小梅村に別宅と呼ばれる家を購えるほど実入りのある「仕事仲間」であり、太吉の命のもと、朋吉が闇仕事の手先を務めていたのではないか、と幹次郎は判断せざるを得なかった。

朋吉は、太吉の手先として動いていたが、相手方を刺激して殺された。そして朋吉の死だけでは足らずに壱楽楼の主夫婦も始末されたのではないか。

「お役人さん、朋吉さん、どうしています」

考え込む幹次郎に不安になったか、おなみが質した。もはや真実を語るしかないと思った。

「おなみ、それがしの言うことを落ち着いて聞いてくれぬか」

「なんですか」

「もはや朋吉には会えぬ。この妓楼の主夫婦にも会えぬ」

「会えないってどういうことです」

「三人ともに死んでおる、殺されたのだ」

「う、嘘」

とおなみが叫んだ。

しばし間を置いた幹次郎は、

「おなみ、よく聞きなされ。それがし、小梅村のこの妓楼の別宅で太吉と千枝夫婦の骸をつい最前見て参った。そのあと、南町奉行所の隠密廻り同心に従い、大番屋で朋吉の死体を見せられた。この楼の主夫婦より先に殺されていたのは朋吉だ」

幹次郎の説明をおなみは必死で理解しようと努めていた。茫然自失《じしつ》していたおなみの瞼《まぶた》に涙が浮かんだ。

「嘘ですよね、お役人様」

幹次郎はおなみの顔を正視して、

「真のことだ」

わあっ、と声を上げておなみが泣き出した。

幹次郎はおなみが泣くに任せていた。

長い時が経った。

「ごめんなさい、お役人様」

と詫びたおなみが、

「わたし、字を書けません、読むこともできません。朋吉さんは字を書けますし、草双紙《くさぞうし》を読むこともできます。わたしには勿体ない人でした」

「おなみ」

と幹次郎は未だ吉原に慣れぬ若い女郎の気持ちを察して、壱楽楼の主や朋吉が後ろめたい仕事をしていたことを告げたくなかった。おなみが自ら気づくまでそのままにしておくのがよかろうと思った。

「おなみ、この壱楽楼は潰れよう、潰れるということがどういうことか分かるか。

そなたが働く場所がなくなるということだ」

幹次郎の言葉をおなみは受け止めることができないようだった。

「そなただけではなく番頭の杵蔵をはじめ、朋輩の女郎も男衆も女衆も仕事を失うだろう。よいか、そのとき、大門の左手にある吉原会所にそれがし、神守幹次郎を訪ねてこよ。悪いようにはせぬ、この壱楽楼より働きやすい妓楼に口利きしてやるでな。分かったか」

おなみががくがくと頷いた。

「よいな、それがしの名は神守幹次郎だ。言うてみよ」

「かみもり様」

「そうだ、神守だ」

と言い残した幹次郎はおなみの部屋から辞去しようとした。するとおなみが、

「かみもり様、わたし、字が読めません、書けません」

とまた言った。

うむ、といった表情で幹次郎はおなみを見直した。読み書きできぬことをおなみが言ったのは二度目だ。

「朋吉さんは、わたしに書付と十両のお金をいっしょに預けていました。どうす

ればいいですか」

「な、なんと朋吉はそなたに書付と金子を預けていたか」

「は、はい」

「この神守幹次郎に書付を見せてくれぬか」

と願うと、部屋の片隅に置かれた風呂敷包みを幹次郎の前に置いた。

「見ていいな」

と許しを乞うとおなみが、

「わたし、字が読めません、書けません」

と言いながら頷いた。

風呂敷包みの書付には、ひらがなに当て字の漢字がいくつか交じった文章が日付順に克明《こくめい》に記されていたが読み解くのは至難だった。

「おなみ、この書付、それがしが借り受けてよいか」

「わたしのものではありません、朋吉さんのものです」

「そなたが字を読むことができず、書けないことを朋吉は承知していたか」

「はい、朋吉さんは承知していました」

「よし、吉原会所の神守幹次郎が書付を預かろう」

と書付を懐に仕舞う幹次郎を見ながら、

「お金はどうしましょう」

とおなみが訊いた。

「この金子のことを承知の者はそなただけか」

「いえ、朋吉さんも承知です」

「楼の中で承知の者はいないな」

と念押しするとおなみがこっくりと頷き、

「朋吉さんと字が読めないおなみだけです」

と言った。

幹次郎は朋吉が切見世の購入を口利きした相手から壱楽楼の太吉にも無断で、十両の大金を強請《ゆす》りながら吉原の暮らしに慣れないおなみに預けていたのではないかと思った。ひょっとしたら、この十両の金子ゆえに朋吉も妓楼の主夫婦も殺されたのではないかと推量した。

「おなみ、よく聞きなされ。この金子、朋吉がこの世にいない今、そなたのものだ」

「かみもり様、金子は朋吉さんのものです」

「朋吉はもはやこの世の者ではない。死んだ者に十両など使い道はあるまい。朋吉はな、そなたを信じていたのだ。字が読み書きできないおなみをな。そのこと分かるか」

「分かります」

「ならばこの金子はそなたのものだ。よいか、妓楼のだれであろうと十両のことを告げてはならぬ。そなたがこの吉原を出ていくとき、そなたが懐にしっかりと携えていく金子だ」

「わたしがこの吉原を出ていくのは何年も先ですね」

「そなた、この壱楽楼にいくらで身売りされたか承知か」

「おっ母《か》さんに渡ったのは二十一両と聞いています」

「証文は帳場にあるな」

「と思います」

「それがしがそなたらの証文を調べてみよう。それとは別におなみ、この十両、そなたが大事に持っていなされ。このこと、廓のだれにも、番頭にも話してはならぬ」

と幹次郎が繰り返す言葉を聞いたおなみが、

「この金子、かみもり様が預かってください。楼に隠しておけるところなどありません」

「おなみ、初めて会ったそれがしを信用するというか」

こくりとおなみが頷き、

「かみもり様を信じます」

と言い切った。


幹次郎が二階から一階に降りると上がり框で番頭の杵蔵と澄乃が話していた。

「四郎兵衛様、番頭さんは壱楽楼がどうなるか案じておられます。江戸に太吉さんの親類縁者はおらぬそうです」

と裏同心の形の幹次郎にわざわざ四郎兵衛と呼びかけて知らせた。

「杵蔵さんや、最前澄乃が長火鉢の隠しから探し当てた五十両の金子が壱楽楼の持ち金のすべてと思うか」

幹次郎の問いにふたりが同時に頷いた。

「この妓楼と小梅村の別宅が壱楽楼の財産のすべてと思われます。とはいえ、今のところ借財と貸金の証文は帳場に見当たりませんが、楼が潰れたと廓内に知れた折り、何者かが壱楽楼の買い取り証文を持ち出してくる可能性はあると番頭さんと話し合ったところです」

と澄乃が言った。

「女将さんのお千枝の縁者はおらぬか」

「吉原の妓楼の女将になったとき、親類縁者とは縁が切れたそうです。わっしが知るかぎり妓楼に訪ねてきた者はおりません」

と杵蔵が言い切った。

「主夫婦に子はおらぬのか」

杵蔵がこんどは首を横に振った。となると壱楽楼を継ぐ者はだれもいないように見受けられた。

「この楼、吉原会所預かりにせざるを得ないか」

幹次郎の問いに最前から杵蔵と澄乃がこのことを話し合っていたらしく、番頭が大きく首肯した。

「杵蔵さん、そなた、給金を主に預けていたのではないか」

「神守の旦那、うちの主はこと金子に関して信用できないんでね、三年前に預けていた給金をすべて取り戻していたのさ」

と杵蔵がいささか余裕を覗かせた笑顔で言い放った。

「ということは壱楽楼に未練《みれん》はないか」

「ありません」

と応じた番頭は、

「新たな楼の買い主が遊女、男衆、女衆をそっくり雇ってくれるといいがな。こんなご時世、そんなうまい話はなかろうな」

と番頭が淡々とした口調で漏らした。

「澄乃、うちで預かるとしたら遊女の証文など要ろうな。杵蔵さん、澄乃の助勢をして調べ直してくれませぬか」

「それはようございますが、女郎たちを潰れた楼に置いておくのもなんですね。一日も早く、どこぞの楼に稼ぎ場所を見つけて働くのが遊女たちのためですがな」

「こちらは番方の知恵を借りるしかあるまいな。壱楽楼には何人の女郎衆がおりましたな」

「十二人ですよ」

「その程度ならば一日二日で新しい楼が見つかろう。ともかく杵蔵さんや、主夫妻が何者かに殺された経緯もある、用心に用心をすることが肝心だ。その上しばらく吉原会所の相談に乗ってくだされ」

と幹次郎が願った。

揚屋町から会所に戻りながら、澄乃が、

「おなみさんはなんぞ承知でしたか」

と問うた。

「花火の朋吉は、おなみに書付と十両の金子を預けておった。朋吉は読み書きできぬおなみを信頼していたようだ。書付から三人を殺した相手が見えるといいがな。おなみの壱楽楼の借財はいくらかな」

「借財はただ今は二十五両です。壱楽楼は素人娘の様相で客の相手をさせていましたので、衣装代や夜具《やぐ》代などはさほど借金に加算されていません」

「澄乃、おなみの預かっていた十両だが、そなたの胸のうちに留めてくれぬか。書付を入手した代金とでも思うてくれ。朋吉の気持ちを汲《く》み、おなみの金子ということにしたいのだ」

「分かりました」

と澄乃が即答した。

吉原会所に戻った幹次郎は、番方に十両の一件を省いてすべて克明に報告した。

「朋吉め、壱楽楼の太吉も、太吉に切見世を口利きした相手も信用していませんでしたな。書付があることを材料に相手を脅したんではありませんか。その結果、殺された」

「としたら朋吉は相手におなみのことを話したと思われるか、番方」

しばし幹次郎から聞いた話をじっくりと吟味した仙右衛門が、

「朋吉も素人娘くさいおなみに惚れていたようですな。おそらくおなみのことは喋《しゃべ》っていますまい」

「太吉が朋吉の相手はおなみと話していないだろうか」

と幹次郎が最前壱楽楼で気づかなかったことを案じた。

「あり得ますな。おなみはいち早く別の楼に移したほうがようございますぞ、八代目」

幹次郎が澄乃を見た。

「朋輩衆より先におなみをどこぞの楼にな。そうじゃ、九代目の四郎左衛門様に願おう。澄乃、そなた、しばらくあとにおなみを連れて三浦屋に来てくれぬか」

と願った。

「番方、朋吉の書付を渡しておこう、読み解いてくれませんかな」

「畏まりました」

と仙右衛門が受け、幹次郎と澄乃のふたりは慌ただしくも御用部屋を出ることになった。そして、それぞれ京町一丁目の大籬三浦屋と揚屋町の壱楽楼に向かった。


三浦屋の九代目四郎左衛門は、幹次郎から壱楽楼が廃楼になったこと、新米女郎のおなみの身に降りかかる危険を聞くとふたつ返事で見もせぬおなみを吉原一の老舗大楼に受け入れると承諾《しょうだく》した。

「四郎左衛門様、三浦屋の遊女にしてくれませぬかという話ではございませんぞ。危険が去ったのちは、会所にて、どこぞにおなみの受け入れ先の楼を探しますでな」

「神守様としたことがなんという言い分にございましょうかな。半日でも三浦屋の預かりになった者はうちの遊女です」

「そう申されますがおなみは未だ山出しの素人娘ですぞ」

「花火の朋吉が書付をおなみに預け、神守様もうちに預けることを咄嗟《とっさ》に思われたのは、おなみになにかを感じたからでしょう。吉原の遊女には、高尾太夫《たかおだゆう》をはじめ、あれこれと売れっ子がおりましょう。おなみの素朴《そぼく》さは、三浦屋になにか新しいものをもたらすと私は感じました。ゆえに壱楽楼からうちへ引き移させます」

四郎左衛門が言い切った。

その日のうちにおなみは揚屋町の総半籬から京町一丁目の老舗三浦屋に籍を替えることになった。

神守幹次郎が吉原会所に戻ってきたのは、すでに夜見世が始まって半刻は過ぎたころだった。

「おなみは三浦屋が引き受けてくれましたかえ」

「ええ、それも一時のことではありませんでな、おなみは三浦屋の抱え遊女として勤めることになりました」

と経緯を告げた。

「驚きましたな」

と廓っ子と自認する番方が首を傾げ、

「いえね、九代目の四郎左衛門様は、なかなかの切れ者でございます。それがし、今宵、当代と話ができてようございました」

と幹次郎が正直な気持ちを漏らした。

二

「神守様、わっしからも報告がございますよ。壱楽楼の夫婦と花火の朋吉らを殺したのは、朋吉によると、『お城のえらい方』だそうです」

「切見世を何軒も持つという武士ではありませんかな」

「この者、『お城のえらい方』の下働きですな、『東ごく異でん一流のけんじゅつ家矢はぎわかさのかみ乗さと』と朋吉がなんとも読みにくい文字で認めております。神守様、朋吉の書付を読み解くには暇がかかりますな。しばらくわっしがひねくり回してみます」

と仙右衛門が言った。

「そうですか、ならば、それがし、神守幹次郎の形だ。夜廻りに参り、頭を冷やしてきますでな」

御用部屋に番方を残して会所の裏口から蜘蛛道に出た。そろりそろりと西河岸に向かい、揚屋町に出た。最前立ち寄ったばかりの壱楽楼からおなみが三浦屋に移ったかどうか確かめておきたかったのだ。

一階の板の間にはおなみの仲間の女郎たちが一様に悄然《しょうぜん》とした顔つきでぺたりと座り込んでいた。それはそうだろう、自分たちの仕事場がなくなったのだ。

「番頭さんはどうしていなさる」

「帳場で証文を調べてなさる」

と姐さん株と思える女郎が言い、

「会所の侍さん、この楼が潰れたって話はほんとのことですか」

「残念ながら真のことだ。番頭どのと吉原会所がそなたらの身の振り方を決めるでな、一日二日待ってくだされ。それまで楼を引き移る仕度をしていなされ」

「私たち、他の楼に移らされるの」

「壱楽楼を引き継ぐ者がおらんでな、この楼がどうなるか吉原会所にも分からんのだ」

「旦那の太吉さんと女将さんがいるではないか」

と別の女郎が幹次郎に言った。

番頭の杵蔵は未だ抱えの女郎たちに主夫婦の死の事実を告げていないようだっ

た。幹次郎は、番頭の口から告げるべきと思い、

「そのことは番頭どのに聞きなされ」

と応じて、おなみのことを仲間の女郎衆に訊いた。

「会所の女裏同心が、ついさっきどこぞに連れていきましたよ、会所じゃないのかね」

「そうか、そうだったな」

澄乃が素早くおなみの身柄を官許の吉原一番の大楼三浦屋に連れていったかと安堵し、念のために京町一丁目を訪ねることにした。


そのとき、澄乃は、壱楽楼以外廓内のどこをも知らぬというおなみを三浦屋に連れていく前に天女池の野地蔵を教えておこうと思いついた。

ふたりの女には吉原会所の老犬遠助が従っていた。揚屋町から蜘蛛道に入ると狭くてうねうねとした路地に五丁町とは違った住人の暮らしがあった。おなみは初めて吉原の住人の夕餉の匂いを知った。

「すみの姉さん、ここも吉原ですか」

「そうよ、おなみさんがいた揚屋町の妓楼を支える人たちが五丁町と呼ばれる表

通りの裏にこうして住んでいるの。これからおなみさんは廓でも一番大きな妓楼にしばらく暮らすことになるわ。壱楽楼と違い、高尾太夫をはじめ、大勢の遊女衆がおられる。おなみさんが三浦屋に慣れるには、壱楽楼以上の日にちがかかるわね」

「三浦屋のほうが安心なんですか」

「男衆もたくさんおられるし、私たちも常にあなたのことを見守っているからね、安心していいわ。おなみさん、三浦屋を訪ねる前にあなたに知ってほしい場所があるの。そこを教えておきたいの」

澄乃はおなみを天女池のお六《ろく》地蔵のもとへと連れていった。

天女池には人の気配はなかった。五丁町からの灯りが漏れて、吉原の別天地《べってんち》をおぼろに浮かばせていた。

揚屋町の裏手にかような場所があるなど、おなみはむろん知らなかった。

「この地蔵様はおなみさんのような女郎さんと深い関わりがあるの。三浦屋さんの暮らしに慣れたら、桜季《さくらぎ》さんと申される振袖新造に曰くを聞くといいわ。あなた方、女郎さんの守り神よ」

「こんなところが吉原にあったんですね」

野地蔵の前にしゃがんだおなみは両手を合わせた。その傍らに遠助が寄り添っていた。

「おなみさん、そろそろ京町一丁目に行くわよ」

と澄乃に催促されたおなみが立ち上がると、

「すみの姉さん、有難う。わたし、吉原で立派な女郎になります」

「そう、吉原で一人前の遊女になって、一日も早くおっ母さんのもとへ戻れるように頑張りなさい。悲しいときや苦しいときがあったら、この天女池の野地蔵に手を合わせに来るのよ」

と言ったとき、澄乃は、

(しまった)

と思った。

天女池に殺気が漂っていた。

遠助も低い声で唸り、背中の毛を逆立てた。

「どうしたの、すみの姉さん」

「迂闊だったわ」

と澄乃の声が険しかった。

「悪い人がいるの、朋吉さんを殺した人なの、すみの姉さん」

「どうやらそのようね。おなみさん、犬の遠助の傍らから離れないでね」

と言った澄乃は帯に下に隠した飛び道具の麻縄を摑んだ。

そのとき、神守幹次郎は三浦屋の華やかな張見世を横目に暖簾を潜った。すると三浦屋の女衆のおいつがいた。

「おや、本日はよく顔見せされるね、神守の旦那」

と迎えた。

「おいつさん、壱楽楼の女郎のこと宜しく頼みます」

「わたしゃ、旦那に命じられて、その素人娘を待っているところさ」

「なに、澄乃は未だ見えおらぬか」

「来ないね」

とのおいつの返答に幹次郎は澄乃が三浦屋を訪ねる前に立ち寄るところがあるとしたら、天女池だと思いついた。

「澄乃はおなみに天女池のお六地蔵を教えているようだ。それがしが迎えに行ってこよう。直ぐに戻るでな」

と入ったばかりの三浦屋から踵《きびす》を返すと揚屋町に戻り、蜘蛛道に入った。

澄乃とおなみと遠助を前後から囲むように四人の剣術家が澄乃らとの間合を詰めてきた。ひとりだけが頭巾で顔を隠していた。

澄乃は無言で四人の配置を見た。そして、野地蔵を背後にして左右にふたりずつを見る位置を女裏同心は取った。

遠助が唸り声を上げた。

「おまえさんだね、切見世の上がりを集めに来るって侍はさ」

「いかにも、それがしが矢萩若狭守乗邑《やはぎわかさのかみのりさと》である」

「ご大層な名は偽名だね、おまえさんの仕事は一ト切百文の切見世の歩合を集めることですよ、若狭守様」

と澄乃が苦笑いした。

「吉原会所の女裏同心とやら、そのほう、厄介ごとに首を突っ込んだな」

「それはそちらの言い草ですね。花火の朋吉さんや壱楽楼の主夫婦を殺害したのは、おまえさんだね」

「女、時を稼ごうとしたところでこの刻限、この池にはだれも来ぬわ」

「西河岸の集金でこの天女池の人の出入りを知りましたか」

「女、朋吉の馴染の女郎といっしょに死んでもらおう。東国異伝一流の技を女ども相手に遣うこともあるまい」

と矢萩が従えてきた三人に顎で命じた。

「私は、東国異伝一流の刎ね傷とやらにお目にかかりたかったのですがね」

「女、話は終わった」

矢萩が言うと、三人が刀を抜き連れた。

澄乃の左手に矢萩乗邑とひとりが控え、残るふたりは右手に抜き放った刀を突きと八双《はっそう》に構えていた。

澄乃は、ふたりより矢萩の傍らの中段《ちゅうだん》に剣を構えた者が三人の中では腕がたしかと見た。澄乃は、

「おなみさん、犬の遠助の傍らにしゃがんでいなされ。最前お六地蔵の前で合掌してたようにね」

と後ろのおなみに話しかけると素直にしゃがんだ気配がした。

「さあて、こちらのおふたりさん、どうなさるね」

と話しかけながら前帯の麻縄を摑んだ澄乃の右腕が弧《こ》を描くように伸ばされると、天女池の虚空に先端に鉄輪がついた麻縄がしなり、中段に構えた剣術家の顎

を鉄輪が不意打ちで捉《とら》えた。

「ぎゃあっ」

悲鳴を上げた相手が天女池に転落した。澄乃は手加減したが初めての飛び道具に派手な悲鳴を上げた。

「やりおったな」

と右手のふたりが澄乃に迫ってきたとき、麻縄が新たに翻《ひるがえ》ってふたりの体を打った。

「嗚呼《ああ》ー」

「な、なんだ、これは」

と悲鳴を上げたふたりに舌打ちした矢萩が無言で脇差の柄に手を掛けると引き抜き様に虚空に投げた。しなる麻縄の半ばを脇差が見事に捉え、澄乃の飛び道具は使い慣れた麻縄五尺（約百五十二センチ）ほどが右手に残った。

「もはや奇妙な得物《えもの》はただの麻縄になったわ」

矢萩乗邑は細身の大刀を抜くと間合を狭めつつ、澄乃に迫った。

澄乃は、使い慣れた無用の麻縄を手に、

（おなみと遠助を身を捨てても護《まも》らねば）

と咄嗟に考えた。

矢萩の細身の剣の切っ先が澄乃の動きを止めていた。

「死んでもらおう」

と矢萩が最後の間合を詰めようとした瞬間、

「東国異伝一流矢萩乗邑どの、そなたの相手はこの神守幹次郎にござる」

との声が矢萩の背後からした。

矢萩は迷った。

(踏み込むべきか振り返るべきか)

踏み込んで女裏同心の命を絶つ自信はあった。が、その直後の神守幹次郎の攻《せ》めを防ぐ手立てがない。

寸毫《すんごう》の逡巡《しゅんじゅん》のあと、矢萩はゆっくりと振り返り神守幹次郎を見た。

その間に澄乃が手加減した麻縄に打たれた三人が天女池から蜘蛛道へと逃げ出した。女相手に無様《ぶざま》な真似を見せたのだ、もはや矢萩のもとで用心棒はできぬと悟ったか。

矢萩が苦々しく三人の逃散《ちょうさん》を見送り、声の主を探した。

なんと吉原会所の裏同心の神守幹次郎は腰の刀には手も掛けず老桜の前に置か

れた切り株に座していた。

「おのれ」

と吐き捨てた矢萩を見ながら幹次郎が切り株から立ち上がった。

間合は三間（約五・五メートル）余。

すでに抜身を手にしていた矢萩は一気に攻めるかと迷った末に神守幹次郎が刀の柄に手を置くのを待った。

幹次郎はすたすたと間合を詰めた。だが、刀の柄に触ろうともしなかった。

「裏同心とやら、流儀を聞いておこうか」

「陰の人じゃ、真っ当に修行した剣術はない。国許にて薩摩人《さつまびと》から薩摩示現流《じげんりゅう》を手習いし、加賀国金沢藩《かがのくにかなざわ》の城下外れで戸田眼志斎《とだがんしさい》様が創始した居合を覚えた」

「なに、居合術を承知か」

「そなた花火の朋吉、妓楼の主太吉と千枝夫婦に小女と四人の町人相手に残虐無残な刎ね傷を使い、殺害したな。東国異伝一流などご大層な流儀、それがし、神守幹次郎に遣ってみせよ」

「許せぬ」

と喚いた矢萩が草履を脱ぎ捨てた。

細身の剣を構え直した。

幹次郎は右手をだらりと下げた。

矢萩乗邑の細身の剣の切っ先が幹次郎の武人の勘を幻惑《げんわく》するように渦を巻いた。

幹次郎が両目を閉ざした。

渦を巻く切っ先に向かって幹次郎が両目を瞑ったまま飛び込んだ。

得たり、と切っ先が突進してくる幹次郎の首筋に向かって撥ね上げられた。

幹次郎は生死の境に飛び込んだ瞬間、わずかに矢萩の左手に身を移していた。

刎ね傷か、眼志流胴斬りか。

ふたつの剣が虚空で交差した。

幹次郎の首筋の横手に痛みが走った。

次の瞬間、幹次郎の右手が躍《おど》って弧を描いて光になり、矢萩乗邑の胴から胸部を深々と斬り上げていた。

「ううっ」

と呻《うめ》いた矢萩が棒立ちに竦んだ。

その耳に、

「両眼瞑り流れ胴斬り」

と幹次郎の声が届いた。

翌朝四つ前、吉原会所八代目頭取四郎兵衛の姿は、浅草御蔵前通りの札差筆頭行司、伊勢亀の奥座敷にあった。

「半右衛門様、すべて仕度は整っておりましょうか」

「四郎兵衛様、ご懸念、一切必要ございません。あみがさ屋七兵衛様と後見のお爺様から五十間道の土地代五千両は為替にて受領致し、伊勢の両替屋にて金子に換えると伝えてこられました。また引っ越し代の五百両は小判にて受け取り、一族郎党《ろうとう》が借り切られた弁才船《べざいせん》にて佃島《つくだじま》沖から伊勢まで向かわれるとの要望、すべて手代の孟次郎と春蔵が準備を終えてございます」

「それはよかった」

「さらに複数の沽券はすでにあみがさ屋様よりうちに届けられております。これで後見の宿願《しゆくがん》に一歩迫りましたな」

と半右衛門が応じるところに、孟次郎が、

「旦那様、後見、あみがさ屋様おふたりが旅仕度でお見えにございます」

と告げた。

先々代のあみがさ屋主人と当代の十七歳の七兵衛が伊勢亀の奥座敷に姿を見せた。

「知り合いになったばかり、私どもお別れするのは残念の極みです」

「四郎兵衛様、それは私どももいっしょです。われら、伊勢にてお待ちしています。四郎兵衛様とは言いません、神守様が伊勢詣でにお出でくだされ」

とあみがさ屋の先々代が願ったところに伊勢亀では祝賀の折りに供する桜茶が出された。

一同が桜茶を喫して五十間道の四百七十五坪の土地と一町二反の浅草田圃の譲渡手続きが始まった。

伊勢亀には沽券の名義替えなどに詳しい老練な奉公人がいた。ゆえに容易く沽券の名義はあみがさ屋七兵衛から吉原会所の八代目頭取に書き換えられた上で、伊勢亀から五千両の為替と小判で五百両が当代の七兵衛に渡された。

「ご両者様、吉原五十間道の土地、無事売買の成立おめでとうございます」

立ち会いの半右衛門は、あみがさ屋と吉原会所の四郎兵衛に祝いの言葉を述べ、事は終わった。

伊勢亀の堀に屋根船を待たせていたあみがさ屋の両人は直ぐに佃島沖に向かう

という。

「しばらくお待ちくだされ。私め、衣装替えして佃島にて船を見送らせていただきます」

と言った四郎兵衛が伊勢亀の一室を借りて神守幹次郎に形を変えた。

「七兵衛様、お待たせ申しました」

あみがさ屋のふたりが乗ってきた屋根船に幹次郎も同乗させてもらうことになった。さらにその屋根船にもう一艘、何者が乗っているか分からぬ牡丹屋の屋根船が従った。

「神守様、私どもも四郎兵衛様より神守様の形のほうが安心です。江戸に心残りがあるとしたら、そやな、最後に薄墨太夫、いや、加門麻様の素顔が見られなかったことです」

と先々代が願いを漏らした。

幹次郎はその言葉に無言を通した。

大川を一気に下り、江戸の内海に出た。すると佃島沖に千五百石はありそうな帆船《ほぶね》が出船の仕度をしてふたりを待ち受けていた。

あみがさ屋のふたりが辞去の言葉を幹次郎に残し、船べりから垂らされた縄梯

子に足をかけたとき、

「あみがさ屋様、伊勢への航海の無事を祈っております」

と女の声がして伊勢亀から従ってきた牡丹屋の屋根船から薄化粧をした加門麻が姿を見せた。そして浅草寺の航海安全のお札が付けられた花束を若い当代に差し出した。

茫然と麻を七兵衛が見返し、

「おお、加門麻様のお見送りとは、これ以上のもてなしはございませんな、のう、七兵衛」

と先々代が狂喜し、当代が恥ずかし気に花束を麻から受け取った。

両人が縄梯子を上がり、孟次郎と春蔵ふたりが手持ちの荷を上げた。

碇《いかり》が上げられ、帆が広がった。

江戸の内海から外海に向かってあみがさ屋一族の乗る帆船が南下し始めた。

加門麻が乗ってきた屋根船にはもうひとり、番方の仙右衛門が同乗していた。

屋根の下から姿を見せた番方が幹次郎と麻の両人に、

「四郎兵衛様はなんぞわっしが驚くことを企てておられたようだ」

といささか不満げに呟いた。

「番方、いささか曰くがございましてな。帰りの屋根船で番方に告げなかった曰くを神守幹次郎の口から話しますでお許しくだされ」

「楽しみにしておりますぞ」

仙右衛門が応じて、一同の眼差しにあみがさ屋の一族郎党が乗った帆船が船足を速めて小さくなっていくのが確かめられた。

「さあて、吉原に戻りましょうかな。いや、その前に立ち寄るところがございます」

と幹次郎が言い、

「あちらに四郎兵衛様がお待ちですぞ、番方」

と言い添え、仙右衛門が無言で頷いた。

三

五十間道の中ほどに外茶屋を長年営んできたあみがさ屋が表戸を閉ざしていたが、三人を無言で迎えた。

仙右衛門はあみがさ屋の一族郎党が乗る弁才船を佃島沖で見送ったのだ。八代目の四郎兵衛が、あみがさ屋の土地家屋を買い取ったことは容易に推量できた。

「ご両人、こちらにお出でくだされ」

と幹次郎は、自分が初めてあみがさ屋の若い当代と先々代のふたりに会ったときに見番の小吉に案内された路地を奥へと進んだ。

仙右衛門も麻も沈黙したままだ。

鉤の手部分の敷地から小川の流れを挟んで広がる浅草田圃の手前に立ち止まった幹次郎が、

「番方、外茶屋のあみがさ屋さんは新吉原に移って以来、五十間道の土地を買い増しし、ただ今では四百七十五坪をお持ちでした」

「五十間道にさような土地が」

と番方が驚きの言葉を呟いた。

加門麻は稲穂が黄金色に色づいた田圃を見て、

「美しい景色ですね」

と漏らした。

「この裏戸を潜った奥に二階建ての離れ屋がございます。それがしが四郎兵衛様におふたりの訪いを告げますので、しばし時を置いてお入りください」

と言い残した幹次郎が姿を消した。

「麻様、この一件、ご存じでしたか」

「義兄上が、いえ、四郎兵衛様がなんぞ企てておられるのは姉の汀女も私も察してはおりました。ですが、なにひとつ四郎兵衛様はお漏らしになりませんでした。昨日、外茶屋のあみがさ屋様一行が国許の伊勢に戻られるため船旅をされるゆえ見送りに来てくれぬかと牡丹屋に誘われました。そこで番方とお会いしましたね」

しばしなにごとか考えていた仙右衛門が、

「吉原会所の八代目頭取四郎兵衛様と裏同心神守幹次郎様の一人二役は、やはり身内にとっても面倒でございますか」

と問うたものだ。

「それはもう」

との麻の返答に頷き返した仙右衛門が幹次郎の消えた裏戸に手をかけようとしたとき、

「お入りなされ」

と遠くから声がした。

手入れの行き届いた庭にふたりは立ち入った。さほど広くはない庭の一角に二階屋の離れがあった。

「五十間道も廓っ子のわっしの遊び場でしたがな、外茶屋のあみがさ屋がかように広い敷地と家屋をお持ちとは存じませんでした」

と独白し、離れの凝《こ》った入り口に立った。すると二階から、

「ご両人、お上がりなされ」

とふたたび四郎兵衛の声音が命じた。

秋の日差しが差し込む二階の控えの間で最前疏水の傍らから見た浅草田圃がふたりを迎えた。二階に上がった分、風景が異なって見えた。ふたりは声もなく心を豊かにも和ませる田圃の実りに目をやった。

「浅草田圃一町二反、あみがさ屋さんがお持ちでございました。ただ今では吉原会所の持物にございます」

四郎兵衛の言葉が離れの本座敷からした。

「なんと」

もはや仙右衛門に応じる言葉はなかった。

「私ども三人して四郎兵衛様に驚かされるばかり」

と汀女の声がして麻が座敷を見ると四郎兵衛の傍らで汀女が茶の仕度をなしていた。

「仙右衛門さん、麻、私は独り、先にこちらに参り一同がお出でになるのを待ちながら、幹どのは、いえ、四郎兵衛様はなにをなされたのか思案しておりました」

と己がふたりと同じ立場だと告げた。

「私どもは牡丹屋の屋根船にて佃島沖に泊まる大きな帆船に乗り込まれるあみがさ屋の当代と先々代のおふたりにお会いし、お見送りしました。番方も麻も姉上同様、幹どのに引き回されてただ今はこちらに言葉もなく立っております」

と麻も考えを述べたが、仙右衛門は言葉少ないままだ。

「お三方、四郎兵衛がこれまで内緒にしてきた経緯を話し、お詫びしたい。こちらに通りなされ」

四郎兵衛に言われて仙右衛門と麻が茶の仕度がなった六畳間に座した。

ふと汀女の視線の先を見た麻は、床の間の掛け軸の絵が淡い墨で描かれた花魁道中だということに気づいた。

「なんてことが」

仙右衛門も麻の驚きの言葉に掛け軸を見た。

仲之町を七軒茶屋へと向かう薄墨太夫最後の花魁道中と分かったのは太夫の白一色の衣装と黒い前帯ゆえだ。絵の中で、薄墨の最後の花魁道中を神守幹次郎が見ていた。汀女と思しき人物は引手茶屋山口巴屋の二階に描かれていた。

「おお、待合ノ辻にわっしもいるぞ、なんてこった」

と仙右衛門が言った。

淡色ゆえに却って薄墨太夫の白無垢の衣装が清々《すがすが》しい。

「あみがさ屋の一族郎党の中に絵心のあるお方がおられましたかな。得難い置き土産を残してくれましたぞ」

四郎兵衛が推量し、汀女が淹れた茶を喫して、しばし間を置いた。

「番方、腹心のそなたにまで内緒ごとをして申し訳なかった。

あみがさ屋一族の意向で、江戸を離れるまで外茶屋の売却譲渡は内緒にしてほしいとの願いであったのだ。とは申せ、そなたにも話さなかった一事はなんとも心苦しいことであった」

と八代目が言葉を止めて仙右衛門を見た。が、番方の口から応じる言葉は出なかった。

「小吉親方に見番を五十間道に移すことを相談すると快く受けてくれたのがこのあみがさ屋の土地を吉原会所が譲り受けるきっかけになったのです。私はご一統が察しておられるように五十間道に京の花街との交流の場を持とうと考えております」

と前置きした四郎兵衛は、あみがさ屋の若い当代と後見の先々代のふたりにこの座敷で会ったことから、一族が廓内に茶屋を移そうと念願しながらも、御免色里の吉原が、

「知多者」

と称する限られた知多一族によって支配されていることに気づいたことや、伊勢が出自のあみがさ屋一族が、外茶屋にて商いを続ける苦渋《くじゅう》の選択をしたことまで、諸々の情況を話し合ったことを克明に告げた。そして最後に、

「神守幹次郎がひょんな経緯から吉原会所の八代目に代わった折りに、あみがさ屋一族も大きな決断、伊勢への帰還を決意されたのです」

長い話が終わったとき、汀女は床の間の花魁道中にふたたび目をやった。

「そうですか。あみがさ屋の当代と後見のおふたりは薄墨の最後の花魁道中を見て、麻に会いたいと願っておりましたか」

四郎兵衛が頷いた。

仙右衛門は未だ胸の中であれこれと自問しているのか無言だった。一方、

「あみがさ屋様の外茶屋での商いと決意は、四郎兵衛様の宿願の、夢の一歩にございましたか」

とどことなく得心したように麻が呟いた。

「四郎兵衛様、麻様は夢と申されたが、番方のわっしの危惧は会所の内証でしてな」

と仙右衛門が不意に言った。

「吉原会所に持ち金がなかったことはご一統に説明することもございませんな。八代目の四郎兵衛様の陰ながらの助けでただ今、会所の銭箱には何千両かの金子がございますな。四郎兵衛様、あの金子をこのあみがさ屋の買い取りに使われましたかな」

と質した。

「いや、銭箱の金子は会所の当座の費えです。あの金子に手をつけるならば番方に断わるのが筋、礼儀でござろう」

「となれば、わっしが案ずることはなにもございませんな」

「いや、番方、私どもが本式に案ずるのはこれからですぞ。まず、この土地と家屋をどう利用するか」

「四郎兵衛様の頭にはもはや絵図面があるとみましたが、汀女先生、いかがですな」

「四郎兵衛様の考えは読めません。されど幹どのの思案はおよそできておるとみましたよ、番方」

汀女の返答に仙右衛門が頷いた。

「義兄上、さようですか」

「麻、ただ今、この場には四郎兵衛しかおらぬな。ゆえに推量しか述べられぬ」

「四郎兵衛様、推量で結構です」

「裏同心どのは性急じゃによって、頭の中には絵図面はあろうと思う。となると、京の花街との交流の場を普請する大工の棟梁に相談したいものだ。だれぞ知り合いにおらぬか」

四郎兵衛の飛躍《ひやく》した言葉に、三人はしばし沈黙した。

「四郎兵衛様、柘榴の家の離れ屋を新築した染五郎《そめごろう》棟梁ではいかがですかな。先代の四郎兵衛様も、染五郎棟梁の腕を高く買っておいでしたぞ」

仙右衛門が最前の口調とは異なり、軽やかに応じた。

「おお、手近におられたのに気づかなかったな。されど番方、腕のよい大工の棟梁となれば何年も先の普請まで決まっておりませんかな。私はな、できれば今年内にも目処をつけたいと思うております」

「おやおや、四郎兵衛様も性急なお方でしたか」

と汀女が笑った。

「京と吉原との交流、お互いの花街と遊里の行く末がかかっていますでな、先延ばしにするなど、一日たりとも疎かにはできませんでな」

「四郎兵衛様、わっしは染五郎棟梁の気性、よう承知しています。棟梁は気に入った仕事しか首を縦に振りませんので。この五十間道の四百七十五坪にどんな見番を四郎兵衛様が考えておられるか、その思案次第で明日にもこの場で染五郎棟梁と四郎兵衛様が初対面ということになりましょうな。わっしは、棟梁が他の仕事はうっちゃっても五十間道の見番の普請を選ぶとみましたがな」

と仙右衛門が言い、

「初めての対面、四郎兵衛様が表に立つより神守幹次郎をお立てになったほうがこの話、うまくいくような気がします」

と汀女が言い添えた。

「うむ、裏同心神守幹次郎と染五郎棟梁は馬が合うか」

「はい、幹どのは柘榴の家の離れ屋の普請の折り、幾たびか会っておりましょう。先方様はよう承知ですよ。されど、つい先日に八代目頭取に就かれた四郎兵衛様はお会いになったことはございますまい」

「いかにもさようでしたな」

と応ずる四郎兵衛に、

「この話、染五郎棟梁に最初に口利きするのは柘榴の家の女衆の汀女先生と麻様が宜しいかと存じます」

と番方が言った。

「相分かりました」

と四郎兵衛が応じて、

「ならば、ご一統様にあみがさ屋の長年の苦労の成果をすべてお見せしましょうかな」

と立ち上がった。

翌朝、五十間道の外茶屋、元あみがさ屋の表戸が久しぶりに開かれた。そこへ染五郎棟梁が訪ねてきた。

迎えたのは黒蠟色塗鞘《くろろいろぬりざや》大小 拵《こしらえ》の津田近江守助直の一剣を手挟んだ神守幹次郎ひとりだ。

この名刀、伊勢亀の先代が身罷る前に神守幹次郎に授けたものだった。このところ大事がある折りは、幹次郎の腰にこの刀があった。

「染五郎棟梁、ようお出でなされました。柘榴の家の離れ屋の普請以来でございますな」

「神守様、汀女先生と加門麻様から吉原会所の新たなる企てと聞いております」

「いかにもさよう。それがし、八代目四郎兵衛様の代人としてこの普請を任されております。八代目はなんとしても染五郎棟梁にこの普請をと願っております。されど棟梁、この普請の企てが気に召さぬ折りは断わり勝手と四郎兵衛様から言い添えられております」

「なに、一介の大工風情が御免色里の八代目頭取が施主の注文を断わってよいと申されますか」

「はい」

ふっふっふふ、と棟梁の染五郎が笑い、

「神守様、そなたと一心同体の八代目の宿願をお聞きしましょうか」

「ならば、あみがさ屋一族が元吉原から移って以来、この五十間道に買い足し買い足しし、密かに敷地を広げてきた四百七十五坪の土地と建物を見てもらいましょうか。そのあと、四郎兵衛様の企てを話させていただきます」

「廓外の五十間道とは申せ、五百坪近い土地をあみがさ屋は持っておられましたか。大変な広さの土地ですな」

染五郎がまず驚いた。

外茶屋のあみがさ屋の間口九間半に奥行き七間（約十二・七メートル）の建物は、一族が折りに触れて造作《ぞうさく》を繰り返して丁寧に使ってきた建物だった。二階建ての外茶屋の飛騨杉《ひだすぎ》の太い柱や見事な聚楽壁《じゅらくへき》や凝った襖《ふすま》や障子の造り、四尺（約一・二一メートル）幅の廊下などを染五郎は時をかけて見て廻った。

「これだけの普請、廓内にも五軒とはございますまいな」

と漏らした染五郎は、

「神守様、八代目は外茶屋の建物を残す気でおられるか、それとも壊して新たな普請、見番を普請なさるお心算かな」

「これだけの普請です、京からお見えになった客人や、小吉親方の門弟衆の宿舎として、なんとか残せないものかという考えが八代目の思案でござろう。ただし京の花街と吉原の遊里の交友の場の見番を建てるのに邪魔と染五郎棟梁が判断されれば、四郎兵衛様には壊す勇断もあると推量しております」

幹次郎の言葉に染五郎が頷いた。

ふたりは外茶屋の建物を一階から二階と熱心に見廻った。あみがさ屋の茶屋の背後は鉤の手になっているところまで庭が広がり、樹木や庭石に隠されるように蔵が幾棟か建てられてあった。

幹次郎も初めて蔵に入ったが、一族はがらんとした蔵の中を塵《ちり》ひとつ残さず清掃していた。

庭がある場所は、一族が密かに買い増ししていった土地だった。

鉤の手にはもう一棟、平屋が建てられていた。一族や分家の住まいに使われていたのだろう。茶屋の造作ほど凝ったものではなかった。

幹次郎は山谷堀の方角に鉤の手に突き出した土地の庭と小体な二階屋の離れに染五郎棟梁を案内した。

二階から見た浅草田圃に染五郎は言葉を失っていた。

「この土地と建物を八代目頭取に就いたばかりの四郎兵衛様があっさりとお買いになったのですかえ」

染五郎棟梁が幹次郎に念押しした。

「あっさりとした気持ちではございませんが買い求めました。ついでに申し上げておきますが、棟梁が見ておられる浅草田圃一町二反がこの土地についておりますす」

なんと、と言葉を詰まらせた染五郎が、

「立ち入った話です、ようございますかな」

「なんなりと、棟梁」

「吉原会所の内証は潤沢《じゅんたく》ではないと聞いておりますがな。いえね、七軒茶屋の一、山口巴屋の主の先代が身銭を切っておられたのを、わっしは偶さか承知でしてね」

と言った。

その問いに頷いた幹次郎が、

「先代はさような吉原道楽ができる分限者にございました。されどこたび八代目に就いた四郎兵衛様の出自は棟梁もとくと承知のように寺町に小さな家を持つ御仁です。吉原道楽など努々考えもつきませぬ」

「神守様、金子がなくてはこの五百坪近い土地も浅草田圃も無用の長物ですな」

「いかにもさよう」

としばし間を置いた幹次郎が、

「それがし、八代目頭取がさるところからそれなりの金子を入手したことを承知でござる」

「さすがは八代目ですな。この田圃もその金子で購いましたか」

幹次郎が頷いた。

「この土地に京の花街と吉原の遊里が交流する場、新見番を建てられる。となると、店屋敷と庭を整理するだけでも莫大な金子と月日が要りますぞ。まして芸どころの京のお人が感心するような新見番となると、わっしには直ぐに思いつかないほどの金子と時のかかる普請です」

「染五郎棟梁、無理を承知でお尋ねする。この土地にさような見番と宿舎を建てる金子だが、およそいくら必要であろうか」

幹次郎の問いに染五郎が沈黙した。長い沈思のあと、

「一万両と言いたいが八代目が考えておられる見番はその金額を超えましょう

な」

と答えた。

「棟梁、二万両あればどうですな」

染五郎が険しい顔で幹次郎を直視した。

幹次郎も棟梁の視線を受け止めた。

「どうやら冗談ではなさそうな」

「棟梁、冗談を言うほど、それがしの気持ちに余裕はござらぬ。少しでも早く棟梁が作業に取りかかるならば金子を都合するのは、われら、いえ、四郎兵衛様の務めにござる。ともあれ一日でも早く普請が終わり、京の花街から芸者衆や芸人衆がこの江戸吉原に見えることが望みでしてな、吉原会所の宿願にござる」

「神守様、わっしにとって間違いなく生涯に一度しかない大普請です」

染五郎が即答した。

「棟梁、四郎兵衛様の気持ち、受け止めてくれますかな」

「わっしも江戸っ子の端くれだ。この官許の遊里吉原界隈で生きてきた大工だ。これだけの土地を見せられ、十分な金子を出すと申されて引くには引けませんや。神守様、三日の余裕をまず貸してくだされ。四郎兵衛様の絵図面とわっしの考えを合わせた五十間道吉原新見番の雛型《ひながた》をご覧に入れますでな」

と染五郎が答えると、幹次郎が頷き、

「あみがさ屋のお店とこの離れは、四郎兵衛様、なんとか一部でも残してほしいそうな。そして、見番の建物はむろん新築でござる」

「承知致しました」

と確答した。

四

この日、四郎兵衛は廓内の見番に小吉親方を訪ねた。

昼前の刻限だ。

「おや、どうしましたな、四郎兵衛様」

「お陰様で無事に五十間道の外茶屋は、吉原会所の持物になりました。この通り礼を申しますぞ」

と四郎兵衛が頭を下げた。

「八代目、やめてくれませんか。おりゃ、口利きしただけだ」

「それがあったで五十間道にあれだけの土地を手に入れることができました。普請が完成した折り、小吉親方の見番は廓外の新しい見番に引っ越しですぞ。ただ今見番に住み込みの者は親方を省いて何人ですかな」

「六人か、七人ですな」

「その程度の数なれば狭いながら、ひと部屋にひとりで住まいできましょう」

「そいつは有難い」

「ところで小吉親方、稽古場は何畳ほどの広さが要りましょうな」

「このご時世、派手に踊り方、囃子方、唄《うた》い方といっしょに稽古することは滅多にございませんな。夢ですがな、一室十畳ほどの広さの部屋が三つ欲しゅうございますな。合同で稽古する折りは部屋の建具を外せば三十畳になりますな。うちはそれで十分です」

「親方、京の芸人衆との稽古が加わりましょう。見番の中に芝居小屋に似た小屋を設けとうございます。吉原の遊女衆や妓楼の主方が見物できるようにしとうございましてな」

「なに、見番に小屋ができますか。何人見物席に入りましょうか」

「あれこれ考えました。舞台付きで百五十人くらいの小屋ではどうですな」

「おお、それは本式ですな」

「親方、これはどうしても欲しいというものがあれば、書き出して私に届けてくだされ。染五郎棟梁に伝えますでな」

と四郎兵衛が最後に言った。

「八代目、余計なことですが、おれらが出ていったこの見番、なんぞ使い道を考えてございますかな」

「こちらまで考えが回りませんな。親方はなんぞ知恵がありますかな」

「五丁町に面しておらぬとはいえ、六十三坪の広さの土地は滅多に廓内で出ますまい。こいつは、小分けにして使うのは勿体のうございますな。八代目にとくと考えてもらい、御免色里の吉原を支える建物に使ってほしゅうございますな」

小吉親方の小分けにするなという言葉にしばし考えた四郎兵衛は、廓内に住人が大勢集まる場がなかったなと思った。

「私どもにはもうしばらく日にちがございます。お互いとくと考えましょうかな」

四郎兵衛が小吉に言って話は終わった。

八代目四郎兵衛は、京町一丁目の三浦屋に立ち寄った。おなみがどうしているか、案じたからだ。

泊まり客を送り出した遊女たちが二度寝して起き出す四つ半（午前十一時）の刻限になっていた。禿と連れ立って廓内の湯屋に行った遊女が妓楼に戻って朝餉を食する刻限でもあった。

「おや、四郎兵衛様、うちの旦那は根岸村の先代に会いに行って留守ですがな。それとも壱楽楼の新米女郎が気になりますかえ」

と遣手《やりて》のおかねが四郎兵衛を見て尋ねた。

「どうですね、未だ手あかのついてない娘ですが、いささか山出し娘のままかと裏同心どのが案じておりましたでな」

四郎兵衛の危惧におかねが、

「あの年ごろの娘は一夜にして変わります。どうですね、おなみを見ていかれませんか」

とおなみを呼んだ。

吉原一の大楼の三浦屋は大勢の遊女と奉公人が働いており、高尾太夫以下の遊女衆が醸し出す華やかな雰囲気は、地味な素人娘姿を売りにしていた総半籬の壱楽楼のそれとは雲泥《うんでい》の差、まるで異なっていた。

呼ばれてきたおなみを見て、うむ、と思った。浴衣姿だが着つけが違うのか、

「この娘が、おなみか」

と四郎兵衛は一瞬戸惑った。

おなみも四郎兵衛の形に、だれかしらという表情を見せた。

「おかねさん、驚きましたな」

「でございましょう。二日で揚屋町の総半籬の泥くささは、かなり落ちていませんか、四郎兵衛様」

「仰る通りだ、驚きましたな」

おなみも四郎兵衛の声で神守幹次郎と気づいたか、

「一昨日は、お世話になりました」

と頭を下げた。

「おなみ、そなたの同輩たちも会所の手配で引き取りの楼が見つかったそうですぞ、そなたと同様に新たな楼に住み替えされよう」

「わあっ、よかった」

おなみが素直に喜びの顔をした。

「どうですね、おなみ、三浦屋さんの暮らしは」

「未だ驚くことばかりです」

と応じたおなみの口調は、一昨日とは異なりはきはきしていた。

「旦那がね、おなみの源氏名《げんじな》を神守の旦那に思案してもらえと言っていましたよ」

遣手がふたりの問答に口を挟んだ。

「おかねさん、おなみのままでもいいと思うがな」

「四郎兵衛様、おなみが売れっ子になった折り、文に認めるとき、本名のままより漢字を加えたほうが老舗の三浦屋の女郎らしいというのです」

四郎兵衛がおなみの素顔を見た。化粧が似合うようになったとき、おなみでは軽いかと思った。

「おなみ、そなた、どう思うな」

「澄乃姉さんから奈美って文字を教わりました」

と掌に指で奈美と書いてみせた。

読み書きができないおなみに澄乃は、奈美という漢字を教えたらしい。

「ほう、うちの澄乃がな。三浦屋の奈美か、悪くないな。おかねさん、九代目の四郎左衛門さんと相談してみては」

と願い、

「一日でも早く三浦屋さんの楼に慣れて一人前の振袖新造になりなされ」

と言い残して四郎兵衛は三浦屋を出ながら、もはやおなみには朋吉の影は感じられないと思った。

吉原会所に戻ると、このところ花火の朋吉が書き留めた文字を判読していた仙右衛門が、

「ようやく朋吉の判じ文字を半分ほど読み解きましたぞ。予測されたことですが、あの若い衆、壱楽楼の太吉には内緒で、太吉の背後にいる人物の身元を調べておりましたな。むろん金子を稼ごうとしてのことです。そのせいで殺される羽目になった」

と言い切った。

「いや、ご苦労でしたな。で、相手は何者ですね」

「いえね、朋吉の書付は推量も入っていましょうが、少なくとも相手方は知れましたな。厄介な相手です」

四郎兵衛は、仙右衛門の書いた紙片の文字に目を落とした。そこには、

「十一代将軍家斉様御台所《みだいどころ》総用人《そうようにん》西郷《さいごう》三郎《さぶろう》次《じ》忠継《ただつぐ》」

とあった。

「家斉様御台所と関わりがある御仁ですか、たしかに厄介な人物ですな」

「公儀にかような職階《しょっかい》があるかどうか。調べてみねばなりますまい」

家斉様の御台所、つまり正室《せいしつ》は近衛《このえ》（島津《しまづ》）寔子《ただこ》、薩摩藩八代島津重豪《しげひで》の娘茂《しげ》姫《ひめ》だ。家斉は側室の多い将軍として知られたが、側室に男子が生まれると御台所寔子の養子となったゆえ、寔子の力は城中で確固としていた。

家斉の御台所総用人なる職階があるとしたら、この西郷なる人物は、徳川家斉、さらには島津重豪、つまり徳川家と島津家を後ろ楯にしていることになる。

「番方、この人物が吉原に関心を持っているとしたら新たな難儀ですな」

「へえ、それにしても切見世の抱えの上がりを集めに来ていた剣術家矢萩なんとかの背後に家斉様御台所の総用人どのが控えているのでしょうかな」

「うーむ、西郷なる御仁がこの吉原と隠された縁があるかないか」

「五丁町の町名主のだれかと繫がっていると申されますか。となると廓内をわっしが調べましょう」

仙右衛門の申し出に四郎兵衛が首肯し、

「目下のところ、矢萩乗邑と西郷三郎次忠継とに真に関わりがあるかなしか、花火の朋吉の書付の真偽をさらに丁寧に調べる要があるな。廓の外のこと、身代わりの左吉どのに願ってみよう。番方、こちらの目処をつけぬと、五十間道に見番を普請するなどできませんぞ」

「へえ」

と仙右衛門が頷いた。

身代わりの左吉は、本業にて小伝馬町の牢屋敷に入っていた。左吉がこうなると、四郎兵衛は神守幹次郎を動かす他はないと思った。

朋吉は、西郷邸を稲荷小路にあると書き留めていると仙右衛門は判断していた。なにしろ朋吉の書付は当て字や誤字だらけで、自分だけが読めればよい判じものだった。

神守幹次郎の身形に変えて、牡丹屋の見習船頭磯次の猪牙舟を御堀端の幸橋《さいわいばし》下に着けさせた。

「裏同心の旦那よ、こんなところになにがあるんだよ」

「聞かないほうがいいな。人が何人も殺されているのだ」

「それじゃあ、探索などできねえぜ」

幹次郎はしばし思案して言い出した。

「磯次、この幸橋は稲荷小路に近いな、薩摩藩と関わりがあると推量される西郷三郎次忠継と申されるお方の屋敷があるかなしか、まずそれを確かめたい」

「稲荷小路に薩摩藩と関わりがある武家が住んでいるって。神守様よ、幸橋御門の北側には薩摩藩の江戸藩邸があるよな。なぜ、藩邸に住まないのだ」

「おお、そのことか。西郷どのは、家斉様に嫁入りされた島津家の茂姫様に従いおると推量されるのだ。茂姫様改め、家斉様の御台所様に家来として西郷どのは随身しておる。ただ今では公儀のご家来衆だと思われる」

「ふーん、思われるばかりでよ、厄介な相手だな」

と言った磯次が、

「神守の旦那よ、その形で西郷屋敷を訪ねていくのか。門番に六尺棒で叩かれるぜ。おれがまずよ、西郷屋敷があるかどうか調べてこようか。島津だ、公儀だって武家屋敷は、おれのような小僧のほうが油断するもんだぜ」

と磯次が幹次郎を猪牙舟に残してこの界隈の住人が久保町原《くぼちようはら》と呼ぶ幸橋の南に上がっていった。

四半刻もしたとき、磯次が戻ってきた。

「たしかによ、西郷屋敷はあったぜ。ありゃ、公方様の嫁さんの家来と言っているようだが、なんとも怪しげな剣術家やらうさん臭い町人が夜になると出入りするとよ。そんでよ、商人も出入りしてよ、景気がいいようだと隣家の武家屋敷の門番が羨《うらや》まし気に漏らしていたぞ」

「そうか、怪しげな人物か。となると、矢萩なる東国異伝一流の剣術家と関わりがあったかのう」

「烏森《からすもり》稲荷の天井裏によ、西郷屋敷に出入りするのを見張る隠れ場を見つけたぜ。神守の旦那は潜り込めないがおれならできるぜ」

「いや、爺様の政吉船頭の許しもなくさような真似がさせられるものか。本日は、西郷屋敷があったことをそなたが突き止めたことだけでよしとしよう。それがしにはもうひとつ、用事があるでな。吉原に戻ろうか」

西郷忠継は、吉原の切見世に関わる矢萩某が天女池で神守幹次郎に殺されたことは知るまいと思った。行方を絶ったことをどう考えるか、直ぐには動くまいと判断した。

五十間道の離れ屋で棟梁の染五郎と会った。

三日しか日にちが過ぎていないにも拘わらず、染五郎の顔つきが険しくなっていた。元あみがさ屋の茶屋見世や離れのある土地に四郎兵衛が希望する新見番をいかに設計するか、思い悩んだ結果だろう。

「この普請、日にちとの戦いですな」

と言った染五郎がふたりの間の木箱の蓋を開けて、厚紙造りの雛型を両手で抱えて持ち上げると箱の蓋を閉じて箱の上に載せた。

二階建ての新見番の雛型を中心にした四百七十五坪の絵図面というべきか、模型だった。

五十間道に面していた元あみがさ屋の外茶屋は浅草田圃と接するずっと奥まで移動されていた。その代わり、この土地にあったあみがさ屋の住まいと凝った離れの建物は消えていた。

「四郎兵衛様、あみがさ屋の茶屋の建物をふたたび利用するためにはこの浅草田圃近くにまで移さねばなりませんな。なかなか大きな建物です」

「いったん壊して奥に建て直しますか」

「そんな悠長《ゆうちょう》な作業に日にちはかけられませせぬな。

わっしが若い時分、京に修業に行かされた折りのことですよ。何百年前に建てられた寺の本堂を境内で曳《ひ》き移した話を聞いて見物に行ったことがあります。このたびの土地は、有難いことに庭をいったん潰して広げればほぼ平らです。そこで曳き家を試みてみようと思います」

「曳き家ですか。さような言葉、聞いたことがありませんな」

「京でも初めてと聞きました。江戸ではかような曳き家は初めてでしょう」

ちなみにこの曳き家の技が普請のひとつとして定着していくのは後年の大正期だ。

「驚きましたな」

「二十間（約三十六メートル）余奥へと下げると新見番の土地が確保されます。これです」

染五郎が間口九間半、すっきりとした二階建ての建物の屋根を取ると内部の小屋が見えた。二階建て部分は見番の入り口部分と奥の舞台だけだった。見番は天井の高い空間だった。

「離れ屋も壊しますか」

「四郎兵衛様、あの離れの使い方ですがな、母屋が離れ屋の横手に曳かれて移されてきたとき、浅草田圃を眺める役目ならば曳き移された母屋からも見えますな。

また茶室のようにあの離れを使うには、余りにも周りの景色が見え過ぎると思いませんか。茶室の趣《おもむき》なれば、人が内向きに思案するように閉鎖された狭い空間でようございませんか。ならば見番と母屋の間の庭の一角にただ今の離れの一部を利用して小さな茶室を再現したほうがようございませんか。

つまり四百七十五坪の鉤の手の土地に大きな建物は、新見番と奥に移動させた旧母屋の二棟だけです」

染五郎が雛型の新見番と曳き移された母屋を指した。

「この普請の難儀はなにか聞きましょうか、棟梁」

四郎兵衛が染五郎を正視した。

「へえ、差し障りは普請にかかる歳月です。これだけの作業、二年から三年かかっても不思議はない。うまく曳き家をして工期を短く稼いでも一年半はかかる」

四郎兵衛は無言で染五郎の次の言葉を待った。

「人手を集めて広い敷地を利して庭を平にする造園方、新見番の具材に切り込みを入れる大工方、そして、初めて江戸で曳き家を試みる職人方と同時に何十人もの職人が作業を進めても、なんとしても玉菊灯籠が吊るされる七月初めまで十月《とつき》はかかります。それに」

「それに、なんですね」

「浅草田圃はなんぞ普請を考えておられますかえ、となると十月の他にさらに何月か余分に日にちが要りますな」

「染五郎親方、浅草田圃までどうするか、余裕がなくて考えていませんでな」

しばし間を置いた棟梁が、

「八代目、余計なお節介とは存じますよ。わっしはこたびの吉原改革は百年の大計と思案しております。あみがさ屋の普請と浅草田圃を一体で利用するかどうか、貴重な日にちを費やしてもただ今考えられたほうがよいと思いませんかえ。浅草田圃はまた別の企てと申されれば、それまでですがね」

四郎兵衛は、

(あみがさ屋の増築と改築に十月《とつき》か。さて浅草田圃をどうするか)

としばし沈思して、

「棟梁の申されること、至極もっともなお言葉ですな。私め、拙速に走っておりました。染五郎親方、しばし日にちをくだされ。いかにも浅草田圃を放置して、あみがさ屋の敷地だけ先走りして普請をするのは、大金をどぶに捨てるような無謀無策でした。ともあれ、前渡しの金子はいくらでいつまでに払えばいいか教えてくだされ」

と言った。

こんどは棟梁が考え、雛型の箱に入っていた封書を取り出して四郎兵衛に見せた。中の数字を見た四郎兵衛が、

「承知した」

と即答して五十間道の新見番普請、いや、吉原会所が新たに廓外に手を広げる企てが決定した。


四郎兵衛は雛型と封書を入れた木箱を抱えて大門を潜った。

「なんだ、貧乏頭取の八代目、吉原ではなんぞ内職でも始めるか」

と面番所の隠密廻り同心の村崎季光が言い放った。

「仰る通り、会所内で内職仕事を始めようと思います」

と言い残した四郎兵衛はさっさと会所に入っていった。

番方が頭取の御用部屋で待っていた。

「いかがでしたかな」

「まずはこの雛型を見てくれませんか」

四郎兵衛が取り出した新見番の模型を仙右衛門が凝視した。

「ご覧の通り、見番は新築、元あみがさ屋の茶屋の建物は土地の奥へと曳き移して住まいとして使用します」

四郎兵衛は棟梁の染五郎から聞いた説明を番方に雛型を指しながら細かに告げて、最後に染五郎からの見積もりを見せた。

「工期は十月、普請の費えは一万五千三百二十両ですか。五百坪近い敷地にたったふたつの建物の費えがこの額、わっしには見当もつかない。贅沢ですな」

「はい、贅沢です。遊芸の場は贅沢であるべきと京の花街で教えられました。この外茶屋の新見番が御免色里の今後の百年を決めまする」

と四郎兵衛が言い切った。

「正直に申します。わっしには公儀が認めた廓の外にかような新見番を普請することがいいことかどうか分かりません。ただし、八代目頭取の四郎兵衛様が熟慮された上で決められたことだ。なんとしても企てが成功するように吉原会所を挙げて助勢申します」

と応じた。

「有難い」

と答えた四郎兵衛だが、浅草田圃をどうするか、最前まで考えに入れていなかった一件を仙右衛門に告げ切らなかった。そこで話柄を転じた。

「番方、例の家斉様御台所の総用人西郷三郎次忠継なる御仁から反応はございませんな」

「へえ、全く動きはありませんや。四郎兵衛様に新見番とは別に企てがございますかな」

「ありますがな。西郷どのの反応次第、こちらをなんとかせねば、五十間道の新見番の普請も新たな企てても手をつけられますまい」

吉原会所の八代目頭取と番方のふたり、視線を交わらせ、

「待つのも仕事のうちですぞ、四郎兵衛様」

「いかにもさよう」

と答えながら、松平定信が老中首座と家斉の補佐方を辞してわずかひと月、長い歳月が経ったようで、

(すべてに時が足りない)

と思いながら一人二役にもどかしさを四郎兵衛は感じていた。

立秋のある昼下がりだった。

光文社文庫

文庫書下ろし／長編時代小説
一《いち》人《にん》二《ふた》役《やく》　吉《よし》原《わら》裏《うら》同《どう》心《しん》(38)
著者　佐《さ》伯《えき》泰《やす》英《ひで》

2022年10月20日　初版1刷発行

発行者　鈴木広和
印刷　萩原印刷
製本　ナショナル製本

発行所　株式会社　光文社
〒112-8011　東京都文京区音羽1-16-6
電話 (03)5395-8149　編集部
8116　書籍販売部
8125　業務部

ISBN978-4-334-79431-6　Printed in Japan

組版　萩原印刷